銀狐

梁科慶

版特工 36

Q版特工 36　銀狐
作者／梁科慶
策劃編輯／周淑屏
美術設計／黃達麒
插圖／ Milton Wong
出版發行／突破出版社
香港沙田亞公角山路 33 號突破青年村
電話：2632 0000　傳真：2632 0388
電郵：breakthrough@breakthrough.org.hk
網址：http://www.breakthrough.org.hk
http://www.btproduct.com
承印／陽光（彩美）印刷公司
2016 年 7 月初版 1 刷
2018 年 6 月初版 2 刷

Ah Wing, the Secret Agent 36: Silver Fox
by Leung For-hing
First Printing, First Edition, July 2016
Second Printing, First Edition, June 2018

Printed in Hong Kong
ISBN 978-988-8392-19-3

本書經文取自《新標點和合本》，版權為香港聖經公會所有，承蒙允准採用，特此鳴謝。

誠邀閣下就突破出版社的書籍發表意見

歡迎加入突破書籍 Facebook page — http://www.facebook.com/btbooks.page

本書採用環保油墨印刷

每一個
年輕人都應當
乘着夢想的
翅膀出航。
成長文學

目錄

序：聽特工科慶的話

游欣妮

對科慶的「Q版特工」系列「粉絲」眾多，這點是絕對不用懷疑的。單從平日批改學生的閱讀習作時「Q版特工」或「梁科慶」這兩大詞組出現的頻率，已是有力的印證。

充滿想像、懸念的情節和出人意表的發展，迷倒許多學生，尤其這裏面並沒有過於艱深或刻意堆砌的文辭，讀者閱讀時輕易就一頭栽進科慶的文字裏，思維縱是跳躍，腦袋仍不住轉動推測情節，甘心讓他「牽着鼻子走」。

「Q版特工」系列是相當特別的，字裏行間偶爾會閃現幾行古今詩詞。我們可能會擔心：這種寫法會不會使得內容情節與詩詞格格不入？然而，一連串的「Q版特工」正告訴我們，我們的疑惑其實不必，這種將超現實的想像與詩詞有機地結合的寫法已成個人獨特風格，在耍把戲、施計謀、爭吵打鬥、奪命追兇裏滲入文藝氣息，原來半點不突兀。

我佩服科慶可以寫出一冊又一冊的「Q版特工」，源源不絕地，故事錯綜複雜的結構和脈絡，轉折處處驚喜，沒有縝密的心思和清醒的頭腦是處理不來的。要説因為他靈感豐富，想像力驚人，所以隨時文思泉湧嗎？他在想像裏其實滲入對生活的觀察，由生活經驗裏擷取一小點子加以發揮，這豈不是我們要學習的為寫作找題材的方法？也正如科慶所言，不怕橋段陳舊，最重要懂得翻新。

科慶讓我有為暢銷的「Q版特工」寫序的機會自是叫人喜不自勝，而叫人更喜出望外的還不止於此。我在閱讀的過程裏強行壓抑住好奇心，聽科慶的話勤勤懇懇地追讀到最後，發現更大的驚喜——風靡學界的「Q版特工」系列裏，竟有幾行我寫的詩，還有故事未完的結局竟是……

親愛的讀者，希望你也和我一樣，不走捷徑，不抄小路，實實在在地追隨科慶鋪設的心思，進入每一個場景，經歷每一個細節。聽科慶的話，你也會和我一樣，享受到意想不到的驚喜感。

1 羈留病房

一個羈留病房、兩個女警加上一個男督察，雖然被鎖上手銬和腳鐐、腰纏鐵鍊，但這又怎鎖得住殺手銀狐？

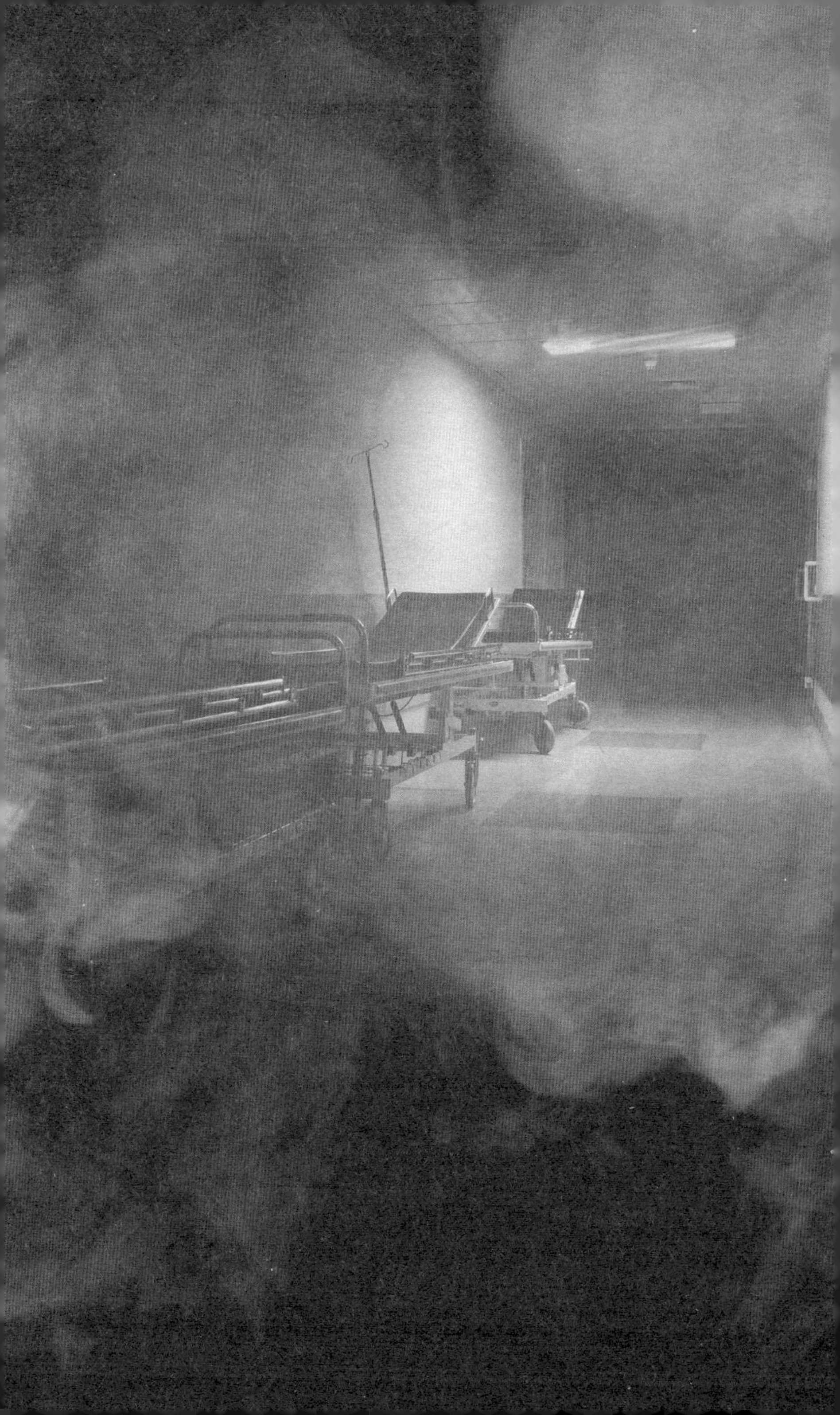

1

女犯人被鎖上手銬和腳鐐，腰纏鐵鏈，由兩個女警左右押解，緩緩步出羈留病房。她的臉容蒼白，像一頁剛撕開包裝的A4紙，蒼白而平板，沒半點血色，也沒一絲表情。

「等一等。」男督察揚手示意，他站在病房外面接聽電話。

女警按住女犯人的肩頭，着她停步。

停在羈留病房與警崗之間，女犯人伸個懶腰，慵懶地靠着左側的女警，那女警推她一把，罵道：「站好呀！發軟蹄嗎？」她像鐘擺一般，順勢挨向右側的女警托住她的手肘，喝道：「幹什麼呀你？沒腰骨的！」她沒作聲，搖風擺柳似的勉強站穩，長髮散開，把半張臉掩藏在黑髮之下。

男督察掛線後，無奈歎氣，離開警崗，跑到走廊的另一邊，俯身掃視窗外的馬路，沉吟片刻，轉身跟女警說：「路上有點阻滯，總部的人稍後才到，你們先把犯人押回羈留病房內等候。」

「Yes —— Sir ——」

「回去，走……」女警把女犯人押返羈留病房。

女犯人合作地按照指示，往右轉，經過男督察身前，微微抬頭，看着他。

兩人四目交投。

男督察怔了怔，突然嗅到一陣奇異的氣味，鼻頭發癢，想打噴嚏卻打不出，雙眼一直瞅着女犯人，由上而下，從髮梢開始，下移至背、腰、臀、大腿、小腿、足踝。儘管她穿着粗厚的囚衣，他依然感知她的苗條身段。

「你嗅到嗎？何來一股騷味？而且氣味愈來愈濃烈。」右側的女警奇怪。

「這裏是什麼地方呀？有異味，不足為奇。」左側的女警打開病房門，把女犯人推進去，待要關門，鐵門被人伸腳卡住，回頭看時，男督察已來到她的身後。

男督察用手背拂拂女警的肩頭，示意讓路。

兩名女警見男督察獨自進入羈留病房，便尾隨入內，卻給男督察抬手攔阻，道：「你們在外面等候，關上門。」

「Sir，這，不合規矩。」

「照我的吩咐做。」

「Sir，總部的人隨時抵達接收犯人……」

「照我的吩咐做。」男督察除下警帽，「不准違抗上司。」

兩名女警面面相覷，但見上司堅持，唯有退出囚室，卻不關門。不過，男督察反手大力一推，「嘭」的把鐵門重重帶上。

「我勸你……」女犯人挨坐病牀上，她終於開腔：「不要。」她的語調平板，不帶感情，臉上又木無表情，不可能猜到她的反應是驚慌？是抗拒？還是順從？

「女人說不要，通常是反話。」男督察搔着鼻頭的癢，「你的臉很白，不知身體是否一樣的白？」

「真的不要……」

男督察走近，伸手掀她的囚衣，但她遭「五花大綁」，掀不開，便扯她身上的鎖鏈，鏈扣相碰，發出一陣「錚錚……」

羈留病房外，其中一名女警握着門上的橫栓，遲疑一下，並沒在外面反鎖，轉身喃喃道：「不對勁，督察平日不是這樣子的……」

「男人，嘿嘿……」另一女警冷笑，「沒貓兒不偷腥的」。

「我知你想說什麼，但，你也清楚督察的為人，他向來循規蹈矩，不會如此放肆。」

「那，視乎目標是什麼。裏面那件騷貨，有名你叫，銀狐。狐媚騷浪，勾引男人。」

「對，剛才那股騷味，發自她身上，本來沒的，一出羈留病房就嗅到，不對勁。」

「說起來，也是呢！嗅得人渾身不自在。」

就在此時。

病房門無聲無息的打開……

2

「最後一箱了。」高文把A4箱捧進客貨車的後座車廂內，疊放穩妥，雙手擦擦褲管，擦淨手上的灰塵，再拉上側門。

阿Wing啟動引擎。

高文三步併作兩步的跳上副駕駛座，生怕阿Wing隨即開車，把他遺在車後。

阿Wing雖不願高文同行，但沒打算捨他而去，待他坐定，才換檔踩油，平穩地把客貨車駛離停車場。

「跑來跑去，搬完一箱又一箱，操勞得很，肚餓了，讓我看看時間。」高文扯高衣袖，有意無意的舉起左腕，顯示他的「鐵甲奇俠」手錶，「噢，原來快到午飯時間，怪不得肚子開始打鼓。」

阿Wing自顧開車，沒答腔。

高文繼續自吹自擂：「這隻手錶報時準確，分秒不差，設計特別，功能又多又勁，保證你意想不到。」

阿Wing瞥一眼那手錶，又厚又笨，重甸甸的，戴在腕上，簡直是累贅。

「什麼功能呀？難道一按鍵，就像電影般，鎧甲一件一件的從老遠飛來，套在你身上？」阿Wing語帶諷謔，「若然這樣，請早揚，讓我跑開，免遭鎧甲撞傷。」

「信不信由你，這是一件大殺傷力武器，屬高度軍事機密，非到最後關頭，我不會啟動它的武器功能。」

「那隻手錶如此笨重，你還沒機會動用它的武器功能，手腕關節已經發炎了。」

「你拭目以待吧，或許，到時它會救你一命。」高文眨眨眼睛，「說起手錶，剛才那A4箱內，有些女裝手錶，是誰的？」

「高文——」阿 Wing 深深吸一口氣，「這十箱東西，我由始至終可以獨力搬運，是你央我讓你幫忙，我們有言在先，不准問，再問，下車。」

「是。」高文連忙閉嘴，把拇指和食指夾在一起，在嘴前一抹，拉上一條隱形拉鍊，不敢多言。

阿 Wing 頓時哭笑不得，拿他沒辦法，高文雖然古靈精怪，但心腸不壞，做事賣力，樂意幫助朋友，這點較阿 Ken 優勝。阿 Ken 聽見阿 Wing 借用客貨車，知道要搬東西，立即推說有事，借車不借人，高文卻自動獻身，雖然他的動機出於好奇，打探阿 Wing 搬什麼，但十箱東西，阿 Wing 一人從家裏搬到車上，倒要來回跑三、四趟，有高文幫手，省時省力。

箱裏裝着什麼？誰的東西？

高文很想知道，阿 Wing 卻隻字不提。

其實，這些都是真生之物，阿 Wing 決定把家中屬於真生的一切清除淨盡，一心一意等候R回來。

畢竟是真生的物品，丟了可惜，亦不知她會否要回。收拾好，包起來，送進一間偏遠的迷你倉內，按月自動轉帳交付租金，從此不聞不問，永遠把「真生」擱在那裏，與自己的生活徹底割裂，似乎兩全其美。

於是，他花時間慢慢執拾，拾了好幾天，方知道真生融入他生活的程度原來如此密切，習以為常的，家裏幾乎每個角落都有真生的東西。難得小心眼的R忍住不發作，想起來，實在難為了她，老實說，他對她不公平，而她對他的愛與包容，深極了。

阿Wing抱着感激R的心情去執拾真生的東西，邊拾邊看，邊看邊想。

真生從前經常旅行，世界各個角落差不多走遍，與阿Wing一起後，兩人有時結伴同行，她習慣在陌生的他鄉，寄一張明信片回香港給自己，常在明信片上寫些只有她才明白的話。阿Wing撿起其中一張，寄自西撒哈拉的阿尤恩，上面寫着：「喝下一瓶給陽光烘暖的可樂，找不到三毛。」

原來，她曾經追蹤台灣作家三毛的腳迹。

阿Wing輕輕搖頭，心裏想，真傻。

據說有人拿着三毛的名著《撒哈拉的故事》到現場對照，發現三毛筆下的風土民情多屬杜撰。

阿Wing拿起另一張，來自瑞士的，寫着：「我和他醉臥阿爾卑斯山下，枕着浮雲，仰望碧草如茵。」

這句，阿Wing明白。因為他在場，他和真生在湖邊喝了點酒，乘着酒意，倒下來，在草地上滾來滾去，醉眼看世界，湖水倒影與真實景物，混淆不清。

阿Wing的鼻子發酸，不敢看下去，硬起心腸，把大疊明信片放進A4箱裏。

這些A4箱，從基地的影印室拿回來，一箱放滿，套上箱蓋，像把回憶埋葬，拿另一個空的，再裝滿，意想不到的，竟裝滿了十箱之多。當高文把最後一箱捧走，他背着高文，暗暗掉了幾滴眼淚。他記得高文手上的箱裏，放了許多手錶，還有無數的鎖匙扣，都是真生在各地精挑細選的紀念品。阿Wing在家中不同的抽屜深處、櫥櫃暗角一一找到，上面都印着當地的特色標誌。絕大部分手錶，真生從沒用過，電池早已耗盡，所有鎖匙扣從沒連繫過鎖匙。全都喪失基本功能，不再報時的手錶，沒繫鎖匙的鎖匙扣，還有什麼價值？實際價值恐怕沒有，紀念價值相信還有，但收在不常打開的抽屜和櫥櫃之內，日子一久，記憶淡忘，感情變薄，還記什麼？念什麼？

阿Wing百感交集，今天把真生的東西統統運走，不忍心固然是有，願意放下卻是一種解脱。真生瞞着大家隱居美國小鎮，重過新生，她看來已經放下。握着不放的，只剩他一人，唯有他肯放下，綑綁三人的死結才可完全解開。唯有把真生完全倒空，他才有勇氣等候R回來。

「喂，前面路口轉左。」高文忍不住揚聲提醒。

「哦，曉得。」

「心不在焉，當心撞車。」

阿Wing收攝心神，減速切入左線，沿着支路拐彎，加速駛進快速公路，彎路走盡，迎面是一灣海水，陽光在水面閃爍浮游，晶瑩剔亮，燦然奪目。

3

差不多過了半天，他逐漸熟習工作環境，也對客人的存倉物品漸感興趣，反復猜想，這些迷你倉中放着什麼？除了尋常衣物傢俱，可有其他怪趣的東西？

畢竟第一天上班，這問題，實在說不出口，何況前輩財叔，是個木訥寡言的人，做事一板一眼，今早交代工作時，財叔沒半句多餘的話，始終板着臉孔，表情也沒絲毫變化，像個機械人。

在摸清財叔的脾性之前，他明智地規行矩步，不亂說話，不玩手機，盯着控制台上三十六面 CCTV 屏幕，又按時巡邏。這公司的迷你倉分佈在工廠大廈的七、八、十一、十二樓全層，慢慢的走一趟，來回大約半小時，不辛苦，卻沉悶。尤其老闆偏好藍色，牆壁、天花、大門、倉門，就連員工製服，全是藍色，長期置身其間，容易令人憂鬱。從前聽英文老師說，英國人把 Blue 解作憂鬱，果然有點道理。或許在這裏工作太久，財叔弄成鬱鬱寡歡的樣子。儘管老闆把自己的卡通肖像髹在每道倉門上充當「生招牌」，初看有點怪趣，或可沖淡一下憂鬱的氛圍，但千篇一律，而且那卡通的造形，禿頭、凸眼、勾鼻、齙牙，只有怪，沒有趣，多看，愈覺噁心。憂鬱以外，多添胃痛，若然，不知是否屬於職業病？能否索償？

走在僅容「板車」通過的走廊上，兩邊盡是重門深鎖的迷你倉，分大中小三種，容量和價錢正成比，倒像他的住處。他所住的單位，被業主「劏」成大中小三間套房。他住最小的，最便宜，月租三千五百元，名副其實的斗室，一進門便是雙層牀，下層睡覺，上層堆放雜物，牀頭掛衣服，牀尾擺放電視機，牀底塞行李箱，從睡牀跳下來，一個跨步就踏入廁所兼浴室，再沒多餘的空間。

在香港，「劏房」遍地開花。住宅大廈裏的住人，工廠大廈裏的儲物，人與家當分開。

住屋不足，工業北移，「劏房」與迷你倉不失為一種無可奈何的變通。

「阿峰。」無線對講機傳來財叔的召喚。

「是，請說。」他馬上回應。

「七樓有物品入倉，你帶搬運工人去7039。」

「收到，即去。」他掛線，轉身離開八樓。頭一遭處理存倉，當然要打起精神，邊走邊回想財叔今早交代的程序，又想到可以在迷你倉門上鎖前，瞧瞧存倉物品，滿足一下好奇心，頓時喚起些微的工作熱誠。

升降機停在樓下，估計上落貨物，不知耽擱多久，一層樓而已，他沿樓梯跑下七樓。一看，有點失望，因為存倉物品盡在紙皮箱和「紅白藍」之內，用牛皮膠紙嚴嚴密封，不露丁點痕迹。

兩個搬運工人，一臉不耐煩。

「新來的？」一人瞅着阿峰。

「是。」阿峰不敢怠慢，拿職員磁卡觸拍大門感應器。

「嘟——」門鎖彈開。

「夥計，快手快腳啦！今日還有好幾張單呢！」另一人跟同伴説時，卻瞪着阿峰。

「左邊，7039 號倉……」

「我們一星期來十次八次，曉得位置。你讓一讓吧。」

阿峰慌忙退後。工人用「板車」把物品一一推進 7039，熟練地疊放，重的紙皮盒置在下層，較輕的「紅白藍」放在上面。

「阿峰。」財叔再通話，「7039 的租客已辦妥手續，正下七樓，他若不懂操作密碼鎖，你示範給他看。」

「知道。」

「叮——」升降機門打開，一個衣着光鮮的男人走出來，也是四十來歲，邊走邊點撥手機，百忙中瞄瞄走廊，沒瞧阿峰一眼，看樣子，不似不懂操作密碼鎖，阿峰亦不主動招呼。

「張先生，物品已擺放妥當，請你在貨單上簽名確認。」

「Okay。」男人接過單據，稍稍掃視，便拿筆撩劃幾下，「兩個月後，我家的裝修完工，約個時間，你們把東西搬回去。」

「多謝關照，再聯絡。再見。」

工人攜起「板車」離去。

男人掩上迷你倉門，鎖上密碼鎖，也離去，仍是邊走邊點撥手機，自動導航似的，轉彎不碰壁，跨過門檻不絆腳。

客人毋需協助，阿峰樂意作個「旁觀者」。看看腕錶，差不多吃午飯了，於是關上大門。看看周圍，記得從前這工廠大廈整幢都是製衣廠，午飯時間，製衣女工連羣結隊的光顧附近的「冬菇亭」，那時候，他讀小學，爸爸過世不久，媽媽在這兒上班，家裏沒人管教，放學後到處流連，弄致成績一落千丈，勉強升讀中學，草草完成學業，來到這大廈的四樓打工，天天跟着技工師傅，修理衣車，混了幾年，隨工廠北遷廣東省河源市，由工人晉升管工，再由管工晉升廠長，度過人生最光輝的二十年。下屬奉承，同行巴結，外省女工投懷送抱，夜夜笙歌，樂不思蜀，好不快活。可是，二十年像一覺好夢，荏苒之間，珠三角的工業隨着經濟轉型，由盛轉衰，光輝不再，港商投資的工廠陸續倒閉。他失業了。一直只顧眼前的工作和玩樂，沒進修，沒置家，沒儲蓄，孑然一身，回流香港，回到這自幼長大卻非常陌生的社區，回到這幢面目全非的工廠大廈。以他的學歷、知識和工作經驗，只能任職倉務員，再次從低做起，不過，起步已晚人家二十年。

4

醫院外，平日不太繁忙的道路，此刻，不尋常的，西行線道的車流極其疏落，路面空蕩蕩，沒一輛汽車駛過。小巴站旁邊站着幾個焦急的候車乘客，他們不住朝街角引頸張望，非但穿梭地鐵站與醫院的小巴遲遲不至，就連其他車輛亦不見影蹤，大家心諳不妙，猜想多半發生交通意外，導致堵車，於是有人打電話，有人點撥手機上網，各自查詢交通狀況。

這時候，醫院玻璃大門打開，一名女警慢慢走出來，靜靜走下斜路，來到小巴站附近，刻意與候車乘客保持距離。

大概陽光猛烈，她架起太陽眼鏡，把警帽拉低，儘量遮掩臉龐。她的皮膚很白，若被陽光曬黑，的確可惜，這是一般人的想法。況且，候車乘客都留意交通狀況，沒人把心思放在一個怕曬的女警身上。

女警大約站了兩分鐘，對面的東行線道上，一輛深紫色的豐田七人車開至，司機減速，作180度拐彎，切入西行線道，停在女警跟前。女警立刻拉開車門，跨進副駕駛座。

七人車旋即開走。

「你遲到。」女警除掉警帽，垂下長髮。她原來是銀狐。

「我要花時間製造一點交通意外，阻慢國際刑警到醫院接收你，也讓你有足夠時間脱身。」女司機滿意地瞧着倒後鏡。從倒後鏡所見，西行線道剛恢復通車，車流像決堤的洪水，洶湧而來。駛在最前的兩輛警車，亮起紅藍閃燈，匆匆駛至醫院，急不及待的拐彎開上斜路。

「那麼，小鳳姐，我該如何報答你呢？」銀狐仍舊一臉冷漠，看不出絲毫感激之意。

「沒所謂報答不報答，我花工夫救你出來，目的只有一個，就是請你完成賈夫人未了的心願。」

「殺死阿 Wing？」

「對。」

「你還有錢嗎？我不做義工的。」

「賞金不是問題，你有本事就拿阿 Wing 的頭顱來領賞。」

「聽說，你們根本沒錢，即使有，亦已被大火連同賈家舊宅和賈家的人一同焚燬，包括你。」

「我不是活生生的坐在這兒麼？」小鳳把車開上快速公路，「所以，江湖傳聞，謠言居多，不能相信。」

「賈夫人尚在人世嗎？倘若不在，誰來付鈔？」

「賈夫人不幸葬身火場之中。請你放心，還有我，我繼續執行她的遺願。」

「你倒忠心耿耿。但，阿 Wing 不易對付，你可有計劃把史家三虎也救出來？

合力追殺阿Wing。」

「男人？沒一個可靠。」小鳳不經意地把轉換車檔的左手搭在銀狐的大腿上，「還是由娘子軍扛起擔子，賞金由你一人獨得，不是更好麼？」她的手不規矩地往銀狐的大腿內側來回掃撫。

「好。」銀狐把頭靠在車窗上，閉上眼睛。對於賞金、殺阿Wing、小鳳的挑逗，看似全不放在心上，像個搭順風車的人。

「你的槍傷沒大礙吧？」

「沒問題。」

「所謂工欲善其事，必先利其器。我已把你的用具從警署取回，放在車尾廂裏。你辦起事來，更加得心應手了。我還為你預備衣物更換，也在車尾廂裏。」

「最好給我重遇那白頭佬、那蜘蛛瘋子，好讓我報一槍之仇。」銀狐張開眼，斜看行車天橋頂端的鋼索。那些粗大的鋼索由無數細小鋼索盤絞而成，平均分佈，把巨龍一般的天橋吊起，橫跨海峽之上，工程浩大，超乎她的理解。

「他們跟阿 Wing 一夥，你一定有機會的。」小鳳用右手操控方向盤，瞧一眼左側的銀狐，瞧一眼擋風玻璃前面，加速切入快線，超越慢線的巴士、中線的客貨車。風馳電掣。驀地，兩霎白光在倒後鏡中閃耀。警方安裝在路肩的攝影機，「捕捉」到小鳳所開的超速車輛。

小鳳笑了笑，無意收油，繼續超速，因為七人車所掛的車牌是假的，她毋需為繳交罰款而費心。

一抹陽光從海面折射到擋風玻璃之上，泛起眩目的光芒。

光芒，「激活」小鳳的記憶，那團火光，紅紅的，燒得熾熱，在賈家的舊書房之內，濃煙密佈……

「小鳳！小鳳……咳……我跌倒了！咳咳……快過來……扶我……咳咳……」

小鳳蹲在東側的牆角，她完全依照賈夫人的原定計劃，當賈夫人燃點炸藥引線，她立即跑到這處，打開地道入口，確保賈夫人安全撤離即將爆炸的書房。奈何，計劃生變，發生大火（詳見《Q版特工35元朗故事》)。濃煙擾亂她的視力和聽力，她失去賈夫人的位置，資料告訴她火災罹難者多死於濃煙嗆昏，賈夫人嘶喊幾聲後，再沒聲息，她飛快地計算賈夫人的生存機率，是低於9%，銀紙山已成火海，隨時波及賈夫人埋藏於銀紙山下的炸彈，她此刻不逃，恐怕再沒機會。賈夫人明確地告訴她，務要按照計劃殺死阿Wing，可是阿Wing已成功逃出書房，炸彈還未爆炸，賈夫人超過九成機會已給濃煙嗆死，她沒必要留下來被炸得粉身碎骨，她若不保存軀體，再沒人執行殺死阿Wing的任務，考慮到這點，她便拉開暗門，鑽進地道裏去……

5

「鈴……」

「請說。」阿Wing開啟電話免提裝置。

「阿Wing，有個消息，要通知你的。」露絲的聲音略帶緊張。

「什麼消息？」

「銀狐逃脫了。」

「哈！那婆娘真有一手。」高文插口應道。

「聽說她槍傷未癒，躺在醫院裏等候國際刑警引渡到美國。關在羈留病房裏，她如何逃脫？」

「警方懷疑有人協助她逃走。探員翻查醫院的CCTV以及查問路人，初步鎖定一輛深紫色的豐田七人車，正全力追緝。」

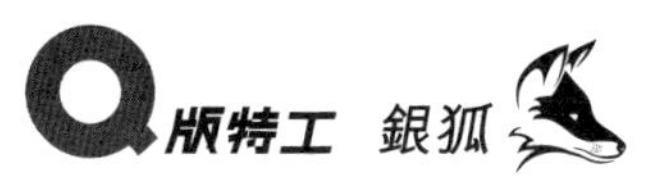

「那，交給警方跟進吧。我今天休假。」阿Wing不期然掃一眼左右，路上倒有幾輛豐田，也有幾輛七人車，但沒紫色的，「你擔心她來對付我？」

「小心駛得萬年船。」露絲道。

「那婆娘若來自找麻煩，最好不過了。」高文磨拳擦掌，「待我再活捉她一次。」

「銀狐是職業殺手，收錢殺人，現在殺我，誰給她錢？我若是她，只會儘快逃離香港。」

「本來，我也這樣想，但收到另一消息後，覺得事情不簡單。」露絲答。

「說來聽聽。」

「昨晚，警察總部證物儲存室遭人爆竊，今早經點算，發覺只失去銀狐的武器。」

「噢，內鬼所為？」

「相信不是，因為，賊人從後巷破壞證物儲存室所在的建築物外牆，潛入儲存室。」

「外牆那麼厚，混凝土中間包裹鋼筋，如何破？使用炸藥還是重型機器？工程浩大呢！」

「都不是，現場沒爆炸痕迹，也沒搬運和操作機器的痕迹。」

「啊？怎可能？」阿Wing詫異，「即使不出動重型機器，使用最基本的破牆工具，也是掘好幾天，而且產生極大噪音，警察總部的人沒可能不察覺……」

「對呀，撲朔迷離，大家都糊塗了，百思不得其解，究竟什麼人有此能耐？」

「我。」高文舉起右拇指擦一下鼻尖，煞有介事地瞅着左腕上的「鐵甲奇俠」手錶。

「你？」阿Wing轉眼看他，再看他的手錶。

「司機先生，眼睛注視路面，請不要分心，下車後，我會替你簽名。」

「哈，露絲，通知警方，我找到那竊賊了，待會把他送往警局。」

「且慢，且慢。我昨晚有不在場證據，亦對銀狐的東西不感興趣。」高文道。

「你明明指着鼻頭招認的。」

「我只承認有此能力，沒承認是我幹的。」

「厚臉皮，吹牛皮，不害臊。我打——」阿 Wing 曲起指頭，反手敲高文的側額。

「我閃——」高文的頭往後仰，避過阿 Wing 的指頭，後腦卻「啪」的撞在車窗上，頓時「雪雪」呼痛。

「活該。」阿 Wing 笑道。

「阿 Wing——」高文搓着後腦，盯着手錶，「現在是下午一時零五分，記住你說過什麼，十二小時內，你會為下午一時零四分的失言而後悔，並向我道歉。而我，極可能不接受你的道歉。」

阿Wing瞥一眼右側鏡，轉換車檔，腳踏油門，扭動方向盤，切出快線。在引擎呼嘯聲中，他豪邁地笑道：「哈，後悔，我從不後悔，哈哈……」

可是，當客貨車切出快線後，後座其中一個A4箱因車子的衝力過猛而倒下，他的笑容僵住了。

真的從不後悔嗎？

他想起真生，想起R。

6

「叮……」升降機停定後，發出即將開門的訊號。

阿峰機械式的關妥大門，滿腦子回憶過去，忽被「叮」醒過來，不期然轉身。

一個身穿運動服的女孩步出升降機，她看見阿峰，便晃動圈在鎖匙扣上的顧客磁卡，輕鬆地說：「我來拿單車的。」

「單車？」阿峰怔了怔，「噢，需要幫忙嗎？」

「也好，麻煩你了。」

「沒關係。」阿峰再次打開大門，問：「倉號是？」

「7115。」

「右邊。」阿峰領路。

女孩跟在後面，接聽電話，應道：「你們到齊了？都這麼準時，世界變啊！我在迷你倉取單車，你們在公園門口等我，十五分鐘必到。拜拜。」

來到7115門前，女孩掛線，按鍵開啟密碼鎖。阿峰拉開倉門，一看，怪趣了，一隻高1.6米、穿着吊帶工人褲的抱抱熊，「坐」在一堆「紅白藍」之上，「紅白藍」之間，放了一輛紅色車架的公路單車。女孩忍不住抱起抱抱熊，一擁入懷，緊緊的，像探望許久不見的老朋友。

「是這輛單車嗎？」

「正是，勞煩你把它扛出來。」女孩把臉貼着抱抱熊，「請小心，別弄花噢。這輛Grant TCR Advanced 3，二手價也要一萬五千元，我節衣縮食，儲蓄很久，才買到的。」

阿峰小心翼翼地替女孩把單車扛出來。一萬五千元，比他的月薪還要多，不過，從前在河源吃喝玩樂，一晚開幾瓶洋酒，花錢如倒水，一萬幾千，臉不改容。所謂「有咁耐風流，有咁耐折墮」，他明白，有因必有果，現在怨天尤人，無助改變困境，他唯一可做的，是適應困境，尋找出路。

「謝謝你，你真好人。」女孩鎖上迷你倉門，推着單車快步離去。

阿峰淺淺一笑。這女孩二十多歲，跟他的女兒年紀相若，如果他的女兒尚在人世的話。他拍一下「咕咕」作響的肚子，拿起對講機，跟財叔交代一聲，已做妥工夫，現在去吃飯，便乘升降機下樓。

午飯時間，升降機裏人頭湧湧，驟眼看來，似乎全是斯斯文文的白領，沒一個藍領，除了穿藍色製服的阿峰。

倒不奇怪，就他所知，工廠大廈其他樓層都沒工廠，四樓是畫室、舞室、廚藝學校，五樓全層闢作健身纖體中心，另外九樓、十樓則是貿易公司、傢俬公司、設計公司，還有一間出版社。

何來藍領？

走出升降機，大部分人向左拐，左邊開了幾間連鎖快餐店，右邊的「冬菇亭」因沒冷氣，已少人光顧。

阿峰走在人流之中，緩緩來到路口，站定，等候行人過路燈轉綠，抬頭望一下這些沒工廠的工廠大廈，暗自慨歎，這地方，真的變得很陌生。

7

就在阿峰所站的路口，交通燈號指示行人等候，車輛開行。小鳳開着七人車越過路口，在阿峰身前經過，右轉，特意減速，拍拍銀狐的臂，指着路旁，說道：「是這座工廠大廈。」

已更換衣服的銀狐，略略低頭，雙眼朝上，隔着車窗，審察大廈周圍。

七人車駛過工廠大廈，多走一小段直街，駛進「冬菇亭」旁邊的收費泊車位，停在兩輛輕型貨車之間。

小鳳熄掉引擎，瞧着倒後鏡道：「阿Wing約了下午一時半，光顧那大廈的迷你倉。迷李倉分佈在大廈的七、八、十一、十二樓，辦事處在十二樓。資料就是這些，你工作吧。」

「資料準確？」銀狐四下打量街道、大廈、車輛、人流，如何行動，心裏有數。

「絕對準確，我竊聽阿 Wing 跟迷你倉職員通電話。」

「你竊聽特工的電話？小鳳姐，可不簡單啊！」銀狐回望小鳳一眼，錯愕的眼神瞬間消失。

「你毋需奇怪，」小鳳卻捕捉到銀狐瞬間的錯愕，「我是有能力的。」

「既然你有能力，這工作，大可自己動手，毋需找我。」

「賈夫人的指令很明確，仍有殺手可用，我不准動手。」

「她已死。」

「人雖死，但指令仍然有效，我必須遵行。」

「你兩主僕都是怪人。」

「你亦不見得正常，」小鳳的笑容詭譎，「不過，到底何謂正常？何謂不正常？我一直搞不清。」

「想這些，傷腦筋。」銀狐架起太陽眼鏡，下車，掀起車尾廂，打開她的大提琴箱，揀選手槍、子彈、飛鏢。由於馬路狹窄、進出的貨車又大又多、兩旁的大廈太高、凸出的僭建物也多，盲點處處，她放棄遠距離狙擊暗殺，選擇悄悄接近阿Wing，出奇不意地開槍，一彈取命。

每當想到殺人，她的心底深處泛起一陣快意，暫時可以填補內心的虛空與不寧，像吸食鴉片一般，得到短暫的麻醉，「工作」時注意力的高度集中，讓她暫時忘懷過去種種不能磨滅的傷痛。

因此，她熱愛「工作」。

8

「到了。」阿 Wing 把客貨車開進工廠大廈底層的卸貨區。

「就是這裏？那，快快動手，然後吃午飯。」

「慢着，先到寫字樓辦手續，確定是哪層樓、哪個倉，才搬東西，省點腳骨力。」

「對，我在這裏等你，不用跑上跑落，省點腳骨力。」高文把椅背放下，用雙手墊頭，舒舒服服地躺臥在座椅上。

阿 Wing 搖搖頭，待要下車，露絲再次來電。

「露絲，請說。」

「有新消息，關於銀狐的，你看這兩張圖片……」

「叮咚——」

阿 Wing 的手機收到影像檔案，他點按開啟。高文也爬起身，湊過去觀看。

「第一張是警方『捉快車』的照片，大約二十分鐘前，在屯門公路往屯門方向拍到，相中的紫色豐田七人車，跟在醫院外面接應銀狐那輛吻合。」露絲講解，「另一張，相隔十分鐘後，擷取自青山公路小欖附近的油站 CCTV，看，同一輛豐田七人車停在洗手間前面，從洗手間走出來的人，確認是銀狐，她已更換衣物，普通的風褸、休閒褲，像個尋常的路人甲。」

「可有拍到司機的容貌？」阿 Wing 問。

「可惜沒有。對方似乎曉得走位，沒暴露在 CCTV 拍攝範圍內。」

「看來，銀狐要往屯門……」高文舉起左手食指，向右移動，「你又剛巧身在屯門……」食指移到阿 Wing 的鼻尖前面。

「她是來找我的。」阿 Wing 張口作勢要咬高文的指頭，嚇得高文急急縮手。

「她一直被關在羈留病房裏，與外界隔絕，不可能知道我的行蹤。」阿 Wing

摸着下巴的鬚根，「關鍵在於那個接應她的人。那人究竟是誰？怎查出我今天在屯門出沒？」

「阿Wing，快去找個安全的地方……」

「露絲，你怎不明白我？要躲要避的，不是我的作風。正如高文所說，銀狐來找我，等於自找麻煩。」

「我就是太明白你了，知道你一定冒險以身作餌，盡點人事，勸你一聲。我已通知其他特工，趕去屯門支援，你目前的位置是？」

「大興工業邨。多謝你的關顧。我想，他們多半白跑一趟。」

「但願如此吧。」露絲應道。

「對呀！有我在此，銀狐，手到擒來。」高文一拍胸膛，摸摸衣衫，臉色一變，「哎喲！」

「幹什麼？力道太大，打痛自己，活該。」

「可不是呢！我今天一心一意替你當苦力，沒帶英雄戰衣，待會打起來，不可以玩角色扮演，真遺憾啊！」

「不遺憾，今天你的角色正是苦力。看，這裏是迷你倉，常有搬運工人進出，你假扮搬運工人，等候銀狐落網。」

「可行嗎？」

「絕對可行。我出發前才讓你幫忙，接應銀狐的人縱有渠道查出我的行蹤，仍沒本事知道我的臨時決定。銀狐不知你與我同行，更不知你假扮搬運工人在此埋伏，她一定中伏。」

「好，今天我是搬運工人，這就去找件工衣穿上。」說罷，高文「呼」的跳下客貨車，飛越升降機台階，「啪」的撞開防煙門，閃進後樓梯不見了。

衝力未散，防煙門裏外搖擺不定。

阿 Wing 游目四顧，午飯時間，沒人工作，卸貨區水靜鵝飛，當然也不見銀狐，此刻，她躲在哪個角落？

既來之，則安之，他自恃藝高，放膽下車，不把銀狐放在眼內，步上升降機台階，按照原定計劃，等候升降機前往十二樓。心裏想，若為一個二流殺手耽誤正事，傳開去，我還有面目行走江湖嗎？

不知他是過分自信？抑或過信高文？還是小覷銀狐？總之，他面向升降機，背對工廠大廈正門，渾然不覺銀狐已來到大門口。

銀狐沒想到，阿 Wing 竟然毫無防範，讓整個背部暴露於她的眼底。經驗告訴她，暗殺成功與否，有時全憑把握一個機會，此刻機會來了，不能錯失，她毫不猶豫，馬上拉開風衣的襟前拉鍊，探手入內，握着插在腰間的手槍。槍柄的手感、槍身的凹凸、扳機的冷硬，她全都非常熟悉。她還感到，子彈像有生命的，在槍膛之內蠢蠢欲動，與她的脈搏融合為一。

銀狐評估情勢：阿 Wing，你死定了！

2

迷你倉庫

屯門大興工業大廈的迷你倉中，殺手銀狐、怪僕小鳳、一個攬着抱抱熊的單車少女——三個女子的出現，令事情的發展變得撲朔迷離。

1

銀狐握着手槍，放輕腳步，走進工廠大廈，小心翼翼的，絕不驚動阿 Wing，像獵食者逐步移近獵物，而那獵物懵然不覺死期將屆。

甫進射程範圍，銀狐停步，待要抽出手槍射殺之際，一個四十來歲的男人跑到她跟前，樣子尷尷尬尬的，吞吞吐吐地問：「小姐，打擾了，不好……意思。請問……你……認不認識……」

「不認識，滾開。」銀狐冷酷而直接地打斷對方的詢問。

「我還沒說完……」

「我說——」銀狐怒目而視，「滾開——」

那人不敢勉強，識趣地讓路，他雖然讓路，但給他一阻，升降機台階上，阿 Wing 已步入升降機，關上門。

錯失大好機會，銀狐再瞪那男人一眼，暫時壓下怒火，收起手槍，拉上風衣的拉鏈，越過他，跑上台階，等候另一部升降機。門頂的樓層燈號顯示，阿Wing所乘的升降機一直上升，她知道他前往十二樓，唯有追蹤上去，另找機會。

另一部升降機降至地下，門打開，銀狐跨步進去，按12鍵。

那男人竟不知好歹，也跟着進來，站在銀狐身旁。銀狐橫他一眼，他身穿藍色工作服，手挽外賣飯盒和例湯，一臉猥瑣，借故搭訕，非奸即盜，若非避免節外生枝，銀狐即使不取他性命，也要他終身殘廢。

「我……是……迷你倉的職員，要上……八樓。」阿峰按8鍵，同時挺起胸膛，讓銀狐看清楚工作服上那個禿頭、凸眼、勾鼻、齙牙的卡通商標。

銀狐再打量他，她的記性很好，此人素未謀面，肯定是個「白撞」。

「小姐，請不要誤會，我只想向你打聽一個人……」

「叮——」

升降機停在八樓。

又給他阻延時間，銀狐火了，一把揪住那男人的衣領，大力把他推出升降機，然後按鍵關門。

「我沒惡意，請你聽我說……」那男人回身解釋。

銀狐掄起拳頭。

那男人不敢上前。

門合上。

隔開那可惡的男人。

她雙手搓揉太陽穴，深呼吸，紓緩激動，收起怒火，恢復冷靜，把那陌生男人拋諸腦後，因為十二樓轉眼即達，她要集中精神，專業地工作。

2

阿峰遭趕出升降機，很是狼狽，還差點打翻外賣飯盒和例湯。

升降機門已經關上，他欲叫住那女子，讓他解釋和詢問，可是對方完全聽不入耳。

他站在八樓的迷李倉庫入口，思潮起伏，掏出職員磁卡，卻沒意識觸碰讀卡器，只是站着發呆。

升降機內的女子按 12 鍵，或許她有要事趕着去十二樓辦理，該不該到十二樓等她？她辦完事，或願意與他交談。

遇見她，是巧合還是天意？

今天，他二十年後頭一遭重返屯門區上班，午飯時間，快餐店客滿，他於是改變主意，改吃外賣飯盒。上午巡邏時，他在八樓找到一處 CCTV 的盲點，決定躲在那兒吃午飯，然後小睡二十分鐘，不讓財叔知道。正因為這個臨時決定，他提早返回工廠大廈，結果在大門口遇見她。她的相貌跟當年的她簡直一模一樣。

儘管人有相似，卻也不會相似到這個地步？

世事不會如此巧合吧？

3

十二樓轉眼抵達，升降機停定，門慢慢打開，銀狐赫然看見阿 Wing 站在迷你倉庫外面，他仍舊不設防似的背對升降機，面向迷你倉庫入口，對着門邊的通訊器說：「我約了這個時間來辦理存倉手續。」

「請進。」一把蒼老的聲音回應。

門鎖「噠」的跳開。

「謝謝。」阿 Wing 伸手推門。

今次，銀狐不容他有命入內，不讓機會再次溜掉。她大步踏出升降機，抽出手槍，對準阿 Wing 的背部，食指觸及扳機，待要扣下——

「喝——」

右側傳來一聲怪叫，太平門突然彈開，另一個身穿迷你倉工作服的男人從後樓梯「呼」的撲出，雙手舞動，施展凌厲的「大力鷹爪功」。那人身法如電，出招方位分毫不差。銀狐來不及反應，右腕已給對方緊緊擒拿。那人接着使勁一扭，銀狐吃痛，右腕關節眼見快被他錯開，手槍不得不脫手，但她臨危不亂，吃虧僅是一招，下一招當連消帶打，敗中求勝，她順勢原地打個前空翻，既為右腕解鎖，更凌空用左手抄回丟落的手槍，雙足才着地，槍嘴即指住那人的小腹。

「高文，小心！」阿 Wing 以硬幣作暗器，曲起中指，彈出一枚一元硬幣，「噗」的命中銀狐左肩的肩井穴。銀狐的整條左臂登時酸麻，握槍不穩。

「呼——」手槍走火。

流彈從高文兩腿之間射過，擊碎地板，激起石屑，反彈打中高文的屁股。高文平生最忌屁股受襲，高聲喊痛之餘，惱羞成怒，狠狠的連揮兩爪，砍掉銀狐的手槍，抓得她的左臂皮破血流。

阿 Wing 同時從後搶步而上，在銀狐背部補上一掌，只用五成功力，為求把她擊倒制伏，不傷她的性命。然而，銀狐慣經風浪，慣吃苦頭，兩爪一掌不足以令她束手就擒。她縱身撲前，卸去部分掌力，但被阿Wing重力一拍，五臟六腑像搞亂位置似的，內息滯塞，背部赤痛，內外交侵，極不好受。她扶着太平門，勉強站穩腳步，「嘩」的吐出一口污血，氣息稍順，便逃下後樓梯，百忙中，反手擲出兩枝飛鏢，不期望傷敵，旨在阻慢追兵。

阿Wing和高文當然不容銀狐逃脫，一同撲向後樓梯。

「卜——卜——」

兩枝飛鏢釘在太平門板上。

兩人同時一怔，此慢彼快，銀狐已逃下十一樓，於梯間斷斷續續的遺下一條血路。

兩人再追，只聞銀狐喘氣沉重，腳步聲虛浮紊亂，知道她受傷不輕，估計不用追到八樓，便可趕上。

不消十秒，兩人趕到八樓，太平門外面的升降機走廊傳出異響，聽似有人摔倒。

阿Wing認定銀狐不支倒地。推開太平門，一看，不見銀狐，只見一個迷你倉工人從地上爬起，指着升降機破口大罵：「臭婆娘，亂衝亂撞，打翻我的午餐，你別跑，你要賠錢……」

阿Wing又奇怪又失望，跳過撒在地上的茄汁豬排飯、羅宋湯，來到升降機前面，抬頭，門頂的燈號顯示升降機離開八樓，逐層下降。

「工友，是那個穿紅色風衣的白皮膚女人嗎？」高文問。

「沒錯，正是她呢！」工人悻悻然回答。

另一部升降機來到，阿Wing把高文推進去，喊道：「兵分兩路，你乘升降機下去，我沿後樓梯追蹤，在樓下會合。」

「好，她跑不掉的。」

阿Wing謹慎而迅捷地跑下後樓梯，沿路沒有血迹，確定銀狐中途沒離開升降機。他一路追至地下，奔出升降機台階，看見高文正檢查銀狐所乘的升降機，唯獨不見銀狐。

「人呢？」阿Wing急問。

「沒發現。」

阿Wing追出行人路，前後張望，就連銀狐的影子也沒看見。辛苦一場，卻讓她逃掉，大呼不值，小心回想，頓覺可疑，想到銀狐受了傷，活動能力大降，他與高文分兩路追截，她沒可能逃去無蹤。然而，人就是不見了，她躲到哪裏去？

再看十字路口方向，沒有。轉身，瞧清楚「冬菇亭」那邊，吃過午飯，司機相繼開走貨車，視野立時開闊，收費泊車位之間，現出一輛深紫色的豐田七人車，駕駛座上還坐着司機。

「是你了。」阿 Wing 盯着七人車。

「阿 Wing，升降機裏一滴血也沒有。我懷疑銀狐沒進升降機，她仍在工廠大廈之內。」高文跑過來，「那工人説謊，她極可能躲在八樓。」

「我亦有發現，我們繼續兵分兩路吧。我逮捕那輛七人車的司機，獵狐就交給你。」

「放心吧！銀狐插翅難逃。」高文雙足一點，飛回升降機裏去。

於是，阿 Wing 橫過馬路，走到對面的行人道上，貼牆而行，望那七人車走去。午飯時間已過，人們陸續返回工作崗位。路上的人和車明顯增多，阿 Wing 以其他路人作遮掩，逐漸迫近七人車，相信司機不易察覺，可以殺對方一個措手不及。至於銀狐，論實力，她沒受傷已非高文的敵手，如今受傷不輕，除非有人協助，不然的話，單打獨鬥，高文穩操勝券，阿 Wing 倒不擔心。

距離七人車不足五十公尺，再過去，沒建築物掩護，那司機若留意倒後鏡，

不難發現阿Wing。阿Wing連忙左轉閃入「冬菇亭」之內，打算穿過食肆，從旁殺出，在司機啟動引擎之前，把對方制伏。

「先生，我們的特價午餐，粥粉麪飯，樣樣都有，又便宜又好吃。」田記燒臘的夥計攔住去路，熱情招呼。

「我要吃pizza。」阿Wing急步繞過他，以為提出一種傳統「冬菇亭」沒供應的食物，可令夥計知難而退，豈料——

「薄餅？有呀！」夥計顯得更熱切，扯停阿Wing，道：「光顧印度阿星啦！在那邊，他的手抓薄餅，現製即吃，新鮮熱辣。」

「對呀，阿星的廚藝不錯啊！」旁邊的食客齊聲附和，「阿星為人老實，不像那些在香港搞事的南亞人，他腳踏實地，經營小生意，你要吃薄餅，應該支持他。」泛起一陣小騷動。

為免引起更多人的注意，在七人車司機察覺前，阿Wing唯有徇眾要求，合作地走向阿星的檔口，心裏奇怪，這些人的嘴巴說支持阿星，卻坐在另一邊用同一張嘴巴吃冬瓜火腩飯、乾炒牛河、叉油雞飯、星洲炒米。

阿星的檔口，食客疏落，全是南亞裔的跟車工人、修路工人、地盤雜工。阿星站在爐灶後面，擺擺手，咧嘴而笑，用生硬的粵語招呼：「請坐。」

阿 Wing 坐下，鄰桌坐着一個七、八歲大穿着校服的印度女孩，在寫中文生字。她放下鉛筆，走到阿 Wing 跟前，問：「請問吃什麼？我們有牛肉、羊肉、雞肉，咖喱汁分大辣、中辣和小辣，薄餅可以走蔥。」粵語說得非常地道。

「你不用上學？」

「剛下課，做完功課，便約同學去公園玩耍。」

「我要雞肉，小辣，薄餅不必走蔥。」阿 Wing 拿出一張一百元紙幣，交給女孩，「我先付錢，走開一會兒，回來再吃。請你的爸爸慢慢煮，不急的。」

「知道。」女孩取了錢，伶俐地跑開。

阿 Wing 站起身，穿過阿星的檔口，步出「冬菇亭」，從右後側靠近七人車。相距不足二十公尺，七人車仍舊安靜的泊在原處，司機坐在車上，一動不動，似在打瞌睡。那人的頭髮頗長，似是個女的，但不敢肯定，因為男人留長髮的也不少，例如梁國雄、潘國靈。

阿 Wing 拿定主意，不管對方是男是女，總之先下手為強，出其不意，衝過去，拉開門，照打可也，打倒了再說。

差不多走到車尾，驀地，七人車的車身一震，司機「轟」的啟動引擎，轉「後波」，踩油倒車，猛力撞向阿 Wing，來勢洶洶，剎那間，車尾的防撞桿已觸及阿 Wing 的褲管。

4

瑟縮在空置的迷你倉一角，銀狐忍着背痛，左臂的傷口仍未止血，傷和痛，她不放在心上，不服氣的是，剛才求勝心切，一時大意，中了阿Wing和高文的埋伏，幾乎失手被擒，更不服氣的是，欠那猥瑣男人的人情。出道以來，銀狐一直獨來獨往，我行我素，從不接受別人的幫助，也不向別人施予援手，如今，靠那猥瑣男人才得以脫險，若不是他，她勢必遭阿Wing捉回羈留病房。她心裏盤算，為免此事張揚開去，敗壞自己的名頭，該不該殺人滅口？然而，那男人為什麼要冒險救她？他在樓下纏着她要打聽什麼似的，難道箇中另有原因？弄清楚什麼一回事之前，暫且留住他的性命。

「嘎——」迷你倉門打開。

阿峰携着急救箱折返。

「來，先止血。」他蹲在她身旁，「那兩個人被我騙走了，你不用擔心。」

他打開箱蓋，揀出繃帶、藥棉、消毒藥水，分外細心和落力。幾分鐘前，當他給銀狐趕出升降機後，萬萬料不到，這刻能夠與她近距離共處，還替她効勞。當他站在八樓的升降機走廊發呆之際，樓上傳來的槍聲把他驚醒過來，他還在猜想是不是打劫、捉賊之類，銀狐渾身污血的從後樓梯奔出，差點跌倒，他慌忙上前扶住她，同時聽見有人在後樓梯跑動，便問：「你被人追？」她點頭。「來，我幫你。」他打開迷你倉庫的大門，將她扶進去，再看地上遺留的血迹，難以掩藏，把心一橫，關上門，把同樣是紅色的羅宋湯和茄汁豬排飯潑撒在地，果然奏效，瞞過追兵。

「嘶——」銀狐扯脫左臂的衣袖，讓他替她療傷。

他拿起消毒藥水和藥棉，道：「忍一下，痛的。」

「別婆媽！」

他於是把消毒藥水倒在她的傷口上，清洗消毒，然後用藥棉蓋壓。

她不吭一聲，自八歲開始，她不再喊痛。

「你果然忍得疼痛。」他拿繃帶為她裹纏。

「你為什要幫我？你不認識我，不知我是好人或壞人，更不知發生什麼事。」

「因為……你……的相貌像我的……一位故人，所以我……」

「那人姓甚名誰？」

「李杏梅。」他瞧着她，儘管人有相似，但那種令皮膚變白的病徵，殊為罕有，萬中無一。

聽見「李杏梅」，銀狐彷彿晴天霹靂。

李杏梅，自從母親過世後，十多年來，銀狐再沒聽過這名字，就連她自己也早已把這名字連同母親一併埋葬，永遠忘卻。今天遽然聽見這猥瑣男人提起，一股莫名的震顫在她心靈深處猛力搖撼，幾乎摧毀她那副外表冷傲的自我防衛，她感到，圍繞自己的一道無形的冰牆因憶起母親而出現裂紋，裂紋且逐漸擴大。她忍住八歲以後一直沒掉過的淚水，仔細端詳他，喚起一些封塵的資料，年紀、容貌、體型等，加以對比，好一會，才問：「你姓甚名誰？」

「我姓袁，叫……」

「你就是袁廠長？」

「從前，在河源，大家都這樣稱呼我。」

銀狐不再強忍淚水，任它潸潸流出，同時拔出後備手槍，對準阿峰的頭。

5

七人車忽地倒車，要把車尾的阿 Wing 攔腰撞倒。

阿 Wing 猛吃一驚，換作常人勢必被捲入車底，不死也重傷，幸虧他反應敏捷，縱身右滾，及時避開。

七人車在他身前輾過，煞停。阿 Wing 仰臉一看，發覺開車的原來是小鳳！

「她不是在北京死於爆炸的麼？」阿 Wing 懷疑自己眼花。

小鳳放下車窗，笑道：「阿 Wing，我們又見面了。」

「上次你死不了，今次你逃不了。」阿 Wing 從地上彈起，撲向七人車。

「誰逃不了？稍後自有分曉。」小鳳關上車窗，驅車向前，駛出大路。

阿 Wing 撲個空，回身狂追，跑過田記燒臘，左手從桌上的筷子桶中抓起一把竹筷，右手抽出一根，瞄準七人車，邊跑邊擲。

「龐——」

竹筷插穿七人車的左後輪胎，輪胎應聲洩氣，車子失控，左搖右擺。

乘勝追擊，阿Wing再抽再擲，恍如連珠炮發，登時，車身、右尾燈、防撞桿、後座玻璃、右後輪胎，一一中筷。小鳳控制不了，七人車沒法直線行駛，歪歪斜斜的，衝過對面行車線，撞上行人路，撞飛大疊紙皮、一個垃圾桶、五個木箱，再拐回車路，差點與一輛貨車迎頭相撞，最後在貨車的車頭擦過，衝進巴士維修廠裏去，「呼呼彭彭」的不知撞倒什麼東西。

人們爭相走避。

阿Wing一提氣，發力追進巴士維修廠，穿過閘門，但見七人車插進一輛968號雙層巴士的車頭，衝力甚猛，巴士車頭凹陷大片，擋風玻璃全碎，幸而車廂裏沒人。至於七人車，車頭嚴重扭曲變形，駕駛座車門脫落，小鳳不在車內。

維修工人紛紛放下工作，從各個車間跑出來查看意外。

阿Wing繼續向前追，穿越那些吃驚的維修工人，繞過968車尾，瞥見小鳳正轉進右側的一個維修車間，他想也不想，擲出手上最後一根竹筷。

他滿有把握命中目標。

唯一擔心的，是把她弄得太傷，不能即場盤問，因而錯過追捕銀狐的線索，讓銀狐逃得老遠。

6

銀狐用手槍抵住阿峰的頭。

她惱恨他，他不意外，她要殺他，他覺得理所當然。

她的確惱恨他，她殺人從不手軟，今次卻猶豫起來，遲遲不扣下扳機。

她只要稍動一下指頭，他就腦袋開花，他的生或死全在於她的一念之間，不管她如何選擇，他坦然接受。

就在她舉棋不定之際，迷你倉外面，傳來倉庫大門被撞開的巨響。

兩人都給嚇了一跳。

「狐狸小姐，你在哪裏呀？」是高文的聲音，破門的顯然是他。

兩人都不敢作聲，不敢郁動。

「迷你倉大叔，你和狐狸小姐躲在哪個倉呀？你們要玩捉迷藏，我樂於奉陪，因為我挺喜歡捉迷藏，在迷你倉裏更是第一次，應該蠻好玩的……」

高文的聲音忽上忽下、忽遠忽近、忽左忽右，異常飄忽。阿峰和銀狐躲在倉裏，看不見外面狀況，無從捉摸高文的位置。

阿峰瞧着銀狐，臉如土色，他雖然不知底蘊，但理解外面的傢伙是個厲害的腳色。銀狐受了傷，處於劣勢，若給他找到，明刀明槍，自己沒能力保護銀狐，一時不知如何是好。

銀狐卻處變不驚，把槍嘴改為對正迷你倉門，只要高文來到門外，她便連環開火，射穿門板，殺掉高文。

「哈，狐狸露出尾巴了，我看見你啦！」

銀狐按住阿峰的肩頭，示意別動。果然，高文只在遠處恫嚇，若非銀狐機警，阿峰稍有異動，便暴露藏身之處。

「她流了很多血呢！喂，迷你倉大叔，她沒作聲，快檢查她是不是暈了，要趕緊把她送進醫院，失血過多會沒命的，你帶她躲起來，救她變作害她。」

高文在外面大呼小叫、威嚇哄騙、東敲西碰，全起不了作用。

銀狐冷靜而有耐性，不動聲息，等待高文走到門外，一槍送他歸西。

正當膠着，突然，外面腳步聲增多，至少來了三、四個人。

「喂！你站着，別動。」

「你叫我別動我就別動，我豈不是很丟臉。」

「財叔，這人穿着迷你倉的職員制服，是你的同事嗎？」

「不是，我從沒見過他。」

「他是不是客人？」

「阿Sir，不論客人或職員，都備有磁卡，開門不會觸動警鐘。你們看，門也破了，他分明強行闖入。」

「你呀！給我站定，我懷疑你意圖爆竊，現在要拘捕你，你有權……」

「我有權保持緘默，我若有話説，你會用筆紀錄，將來用作呈堂證供，對嗎？阿Sir。」

「少囉唆！面向牆壁，舉起雙手，腿張開。我要搜身。」

「哎喲……嘻嘻……你弄得我很癢……哎唷……」

「站定，不准動，你再動，我控告你阻差辦公、拒捕。」

「拒捕？不夠激啊！還有襲警呢！」

「你……」

「喝——看招——」

「哎呀……」

「想捉我，沒那麼容易，我溜，捉得到，給個錢你買紅棗。」

「別跑！」

「總部，警員遇襲，疑犯逃跑，要求增援……」

人去聲漸遠。

迷你倉內，銀狐和阿峰同鬆一口氣。

7

竹筷從中斷裂，分作兩截，丟在維修車間的入口。阿Wing用腳掃撥斷筷，他滿以為擲中小鳳，結果顯然不是。竹的韌度甚高，竹筷的斷口參差撕裂，顯示它以高速撞中非常堅硬的物件，反震的力度強於它的韌度，才造成這種斷裂狀況。阿Wing的擲筷力度固然強勁，至於竹筷撞中了什麼硬物，一時之間，卻猜不出來。

空氣裏，瀰漫着油污、燒焊和汗水的氣味，極不相干的，他想起「工人詩人」許立志的一首詩：

一顆螺絲掉在地上
在這個加班的夜晚

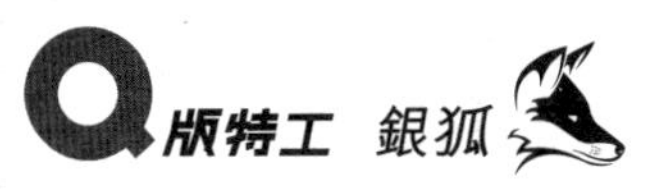

垂直降落，輕輕一響
不會引起任何人的注意
就像在此前
某個相同的夜晚
有個人掉在地上

工人仍在巴士車底燒焊，大概他在車底專心工作，沒察覺，也沒人告訴他外面發生「交通意外」。

燒焊火花從車底迸溢濺出，一點點、一束束、亮澄澄、熱炙炙，掉在污穢的地板上，反彈，熄滅。

阿Wing踏過剛熄滅的火花，稍為深入車間，輕而易舉的，在巴士車尾找到小鳳。她不再逃跑，坐在一張撐開的A字梯的第四級，看來沒受傷，安安靜靜的，不引起任何人的注意。

「小鳳，你南下香港，在我的地頭搞事，好大的膽子……」

「等一等，讓我先問你一句。」

「嗄？」

「銀狐的情況怎樣？」

「銀狐，我最後見她時，她受傷甚重，背部中了我一掌，吐出一口血，右腕被高文扭傷，左臂也被高文抓傷，似乎流血不止。」

「然則，她不能戰鬥了？」

「當然不能。」

「她是我僱用的最後一個殺手。」

「噢，那麼，你沒殺手可用了，可惜。」

「絕不可惜……」小鳳從A字梯的第四級利落地跳下，「既然沒人可用，我便有理由親自出手，殺你。」

「你？就憑你？」阿Wing啞然失笑。

小鳳走近阿Wing，收起笑容，揚起右掌，一巴打下。

弱質女流的區區一巴掌，殺傷力微乎其微，阿Wing不放在眼內，但堂堂大男人，被女人掌摑，當然不行，阿Wing於是敷衍地姑且擋她一擋。

豈料——

當兩手相觸——

「喀勒——」

一陣劇痛，阿Wing意識到自己的左前臂骨折，造夢也沒想到，一股強大的力量同時從左上方衝壓而下，他毫無準備，立足不穩，仰頭後跌，「嘭」的重重撞在巴士車尾，仆倒在地。這一撞，衝力很猛，撞跌很多螺絲，嚇得車底的工人停止燒焊，爬出來看個究竟。

「喂！你們搞什麼？這裏是維修車間，閒雜人不能……」

「沒你的事，滾出去。」小鳳抓握工人的上臂，隨手一扔，工人像斷線風箏一般，飛出車間。

「你……」骨折之痛，痛得阿 Wing 死去活來，額角冒出豆大的冷汗。他奮力翻身，爬離巴士，不由他不震驚、恐懼，小鳳的力量竟如此巨大，大大超越他的想像和理解，遑論捉拿她，他此刻就連脫身也沒把握。

小鳳上前俯身，用右手扠掐阿 Wing 的頸項，硬生生的把他從地上提起。阿 Wing 出右拳，使足氣力，擊打小鳳的右腕，連擊兩記，驚覺她的手腕硬如木樁鐵枝，她非但不痛不癢，且愈掐愈緊。阿 Wing 雙足離地，呼吸困難，鼓其餘力，作最後掙扎，改用手刀砍劈小鳳的右臂彎，奈何小鳳的臂彎被砍中後，依然伸得直直，半分不曲。

「沒用的，阿 Wing，你傷不了我。我捏碎你的頸骨，讓你即時喪命，少受點痛楚吧。」

「可惡……」阿Wing拗屈她的指頭，使盡最後的一分氣力自救脫困，可是力不從心，事與願違，他完全沒法拗開她的手指，他開始窒息，眼巴巴死於小鳳手上，他不甘心。

就在阿Wing感得頸骨即將裂開之時，一道橙紅色的激光，從維修車間外面激射進來，耀目欲盲。阿Wing嗅到一陣濃烈的燒焦氣味，小鳳掐住阿Wing頸項的手隨即鬆開，阿Wing奄奄一息的，連同小鳳的右前臂一同摔落地上。

迷迷糊糊的，失去知覺前，阿Wing看見那屬於小鳳的斷臂，丟在自己身旁。激光在臂彎處把她的前臂切斷，整齊的斷口部位露出金屬、電線、電子零件，還有螺絲。

小鳳若無其事的蹲下，盯一眼阿Wing，然後把斷手拾起，奔出維修車間。

維修車間外面，高文「痛呀」、「熱呀」的呱呱大叫，急急把「鐵甲奇俠」腕錶除下，跑到大水桶前面，把左手伸進去冷卻。

小鳳從高文身後跑過，他自顧不暇，無暇阻截她，而她，大概忙着去維修斷手，也沒理會他。

她究竟是什麼怪物？怎會有一隻機械手臂？她身體的機械構造，是否僅只一條左臂？

阿 Wing 愈來愈虛弱，最後眼前一黑……

8

「疑犯何以穿上跟你相同的制服？」

銀狐和阿峰聽見警察在迷你倉外查問財叔，外面只得財叔與一名警察，其餘的都追截高文去了，剩下一人留守現場。

「我不清楚他的制服如何得來。」

「你還有其他夥計嗎？」

「有一個，今天上工的，但午飯過後，一直沒露面。」

「可疑，他會不會是內鬼？」

阿峰眉頭大皺。

「我不清楚。」財叔謹慎回答。

「疑犯剛才在這些迷你倉前面徘徊，可否打開倉門，讓我看看？」

銀狐再舉起手槍。

「我無能為力，因門鎖的密碼由客人設定，公司沒任何紀錄。」

「唔，待會CID同事接手跟進，如有需要，CID會要求聯絡客人，開倉檢查。」

「我們會配合。」

「咦？這個倉沒上鎖。」

「空置的。」

「可以看看嗎？」

「隨便。」

「咯……」警靴底部的「鐵馬」踏在石地板上，在靜悄悄的迷你倉庫內，分外響亮。

阿峰的心頭卜卜亂跳。

銀狐沉着應付，擎槍瞄準門口。

停步的跫音像一記無形的椿柱，打在阿峰心口，他頓時打個冷顫。

「輒——」倉門被人拉開。

「沒東西的。」警察有點失望。

「空置，當然沒東西啦！」

原來他打開隔壁的迷你倉。銀狐未敢鬆懈，因那警察多疑，可能多看幾個倉。

「這邊還有十幾個空置的，最近生意差了。」財叔歎道。

「香港經濟下滑嘛！Okay，我們到外面等候，CID快到埗。」兩人轉身離去。

此地不宜久留，CID來到，更難脫身，銀狐撐着阿峰的肩膀緩緩站起。阿峰幫忙扶住她。銀狐打個手式，示意他噤聲、跟在她身後，然後悄悄推開倉門，瞄一眼，警察與財叔背着她走出迷你倉庫，她放輕腳步，跟上去，反握手槍，凸出槍柄，高舉過頭，對準警察的後腦，敲下——

9

阿 Wing 再度恢復知覺，仍然迷迷糊糊的，像在夢境中一般，他意識到自己身不由己的半躺臥在一張上半部升起 30 度的病牀之上，身上沒半點氣力，戴着頸箍，許多喉管從身上的不同部位接駁到牀畔各種醫療器材，有輸送氧氣的、有打點滴的、有監測脈搏的，諸如此類。他的左臂已用夾板固定，相信骨折已得到適當的治療。

與病牀相隔一道玻璃屏風的觀察區，聚了幾個人，阿 Wing 雖然看不清楚，但知道是他們，因認得他們的聲音，依稀聽見阿 Ken 在埋怨：

「當時，你應該用激光射爆小鳳的頭，徹底了結這事，解決煩惱。」

「我以為射斷她的手臂，足以制伏她。」高文分辯。

「既然不能制伏她，你應當補射一次，射爆她的頭。」

「他貪圖玩樂，做事不經大腦，偷用試驗品。那東西只能發射一次，而且，絕緣不及格，高熱不燒爛他的手，算他走運。」Ada冷嘲熱諷。

「我也是受害人呢！」

「你們別吵啦，吵醒阿Wing。」阿漆勸道。

「吵不醒的，醫生替他注射了鎮定劑，以免他醒過來，抵不住痛楚。」Ada道。

「真可憐，儘管撿回性命，看來需要長期休養。」情報組的蘇珊組長道。

「當作放大假吧！反正他很久沒放假。」泰臣道。

「大家入正題吧！為公為私，我們要儘快逮捕小鳳和銀狐。」梁賢稍微提高聲線，「目前，我們手上的資料相當零碎，疑團又難解開。」

「最大的疑團，小鳳是什麼東西？」高文的感受比誰都深刻。

「我們雖然不知道她是什麼，但至少可以解釋警察總部的外牆是誰破開、用什麼破開。」阿莫道。

「沒錯，小鳳的機械臂力大無窮，赤手空拳打破外牆，不足為奇。」阿漆道。

「大家請看屏幕。」露絲打開 iPad，「賈老爺生前主持一筆天文數字的基金，投資和發展不同領域的項目，這是清單，注意，其中一項是研究機械人和人體的機械裝置。」

「是了，小鳳一定來自這個項目。」阿 Ken 一拍大腿，「我們循這個方向追查。」

「那屬於軍事機密項目，資料非常有限。賈老爺過世後，基金易手，由一個有軍方背景的神秘機構接管，暫沒找到對口單位。」露絲道。

「找M出馬吧，他的人脈關係又深又廣，常有神來之筆。」泰臣提議。

「你們別看着我呀，我雖是M的秘書，但從不知他的行蹤，況且，他很久沒上班呢！」

「聽説，很久沒上班的……」阿 Ken 不服氣，「還有你，Ada。」

「死胖子，我上不上班，關你屁事？你管得我嗎？」

「停，言歸正傳。」梁賢再提高聲線。

「好，另一個疑團，是銀狐的下落。」蘇珊組長掀開筆記簿，「根據高文的口供，銀狐所受的傷，包括內傷和外傷，自然行動不便，加上被警方全城通緝，相信跑不遠，只能躲在香港某處。至於協助她躲藏的人，根據警方的調查，是一個在大陸工作回流的港人，叫袁峰。這位袁先生，普通人一個，無犯罪紀錄，身家清白，亦一窮二白，實在不明白他為何要協助一個職業殺手……」

「且住。」Ada 突然打出一個暫停的手勢。

「又搞什麼呀你？」阿 Ken 有意無意的點起火頭，「醜人多八怪。」

「聽。」Ada 卻沒跟他計較。

「聽什麼……」阿莫好奇。

眾人靜下來，屏息細聽。

果然，一陣久違卻熟悉的腳步聲，以及一道懾人的氣勢，自遠而近，漸漸來到病房門口。

「莫非……」阿 Ken 喃喃道。

高文睜大雙眼。

Ada 躲到眾人背後。

泰臣張大嘴巴。

蘇珊組長拿不穩記事簿。

阿莫緩緩退後，跌坐沙發之上。

梁賢垂頭沉吟。

阿漆雙手互握。

儀器顯示阿 Wing 的脈搏加快。

「R！」露絲喊道。

R站在門前，一臉嚴肅，說道：「我已找到M，着他聯絡北京。阿漆和露絲立即啟程北上，待M搭通天地線後，你們便跟對口單位交涉。」

「是。」

「其餘的同事，繼續追緝銀狐和袁峰，一個受了傷，另一個是普通人，沒什麼地方可躲，早晚會找出來的。」

「是。」

說罷，R逕自走到病牀前面，瞧着阿Wing。阿Wing微啟雙目，很想說：「R，你回來了，真好。」僅是嘴唇顫動，喉頭發不出聲音。R輕撫他的臉額，再揉一下自己發酸的鼻頭，說道：「我的男人，任何人都碰不得，尤其是其他女人。」

「聽到嗎？她說，我的男人……」Ada、高文、阿Ken、泰臣、阿莫、蘇珊組長圍在一起，在背後交頭接耳。

「我們工作吧！」梁賢朗聲道。

「對，快走，快走，別讓銀狐逃掉。」阿漆附和。

「走，我們回去執拾簡單的行李。」露絲推阿漆的背，「一小時後機場見。」

於是，眾人一哄而散。

待他們離去，R坐在牀緣，眼角掉下眼淚，柔聲道：「我不會再離開你，永遠不會。」

阿Wing努力睜開雙眼，視野依舊迷迷糊糊，因滿眼盡是淚水。

3

鬼屋學校

荒廢多年的達德學校藤蔓衍生、滿目荒涼，是香港著名的鬼屋。誰會料到，在這裏上演的，不是令人遍體生寒的鬼故事，卻是賺人熱淚的倫理大悲劇？

1

「明日一早，我跟你各走各路。」銀狐感覺敏鋭，聞聲辨位，「啪」的拍扁一隻剛降落在她右臂上的蚊子，「在警察找到你之前，你自行去警署報案，説被我用槍脅迫。」她翻開左掌心，用右尾指把蚊屍彈掉。

「是。」袁峰「嗆」的劃火柴燃點蚊香。

「到時，警察問你什麼都答不知道，總之，把所有不法勾當全數推到我的頭上，明白嗎？」

「明白。」袁峰撿塊紅泥磚把蚊香擱起，推到銀狐腳邊。

縷縷白煙繚繞上升，刺鼻難聞卻能驅蚊。鼻子受罪，總勝過手腳被蚊子叮得又腫又癢。銀狐取過袁峰的火柴，劃亮一根，點起香煙，香煙跟蚊香一樣，名香實臭。銀狐以毒攻毒。

「明天，你要去哪裏？」袁峰囁囁嚅嚅地問。

「與你無關。」銀狐慍然站起，「我與你一點關係也沒有！」

袁峰垂頭不語。

銀狐踱出殘破不堪的空置課室，啜吸一口香煙，靠着二樓走廊的半身矮牆，仰望夜空，大大的吐出一口悶氣。頭頂，滿天星宿，銀河浩瀚，頓感人間渺小虛空。

這所學校在 1931 年由鄉民創立，至 1988 年停止運作，荒廢至今。由於地處山崗之上，遠離民居，校舍沒人打理，日久失修，沒一道牆壁、一個玻璃窗完好無缺，用英坭鋪建的操場裂隙處處，雜草、小樹從裂隙冒出，鐵網外圍的野草、藤蔓放肆地「入侵校園」，繁衍蔓生，滿眼一片荒涼。鄉民間更流傳有紅衣女鬼在校舍出沒，日子一久，成為香港著名的「鬼屋」。曾有少年人晚上潛入探險，不知看見什麼，或幻想看見什麼，驚恐過度，要送進急症室。

新界「鬼屋」，誰會想到袁峰和銀狐在此躲藏？

再看山崗下的村落，戶戶燈火，這個時間，晚飯過後，一家老幼共敘天倫。看着看着，銀狐念及自己身世孤苦，呱呱落地已沒父親，八歲喪母，若非遇上師父，早就餓死街頭，後來即使繼續生存，還練成一身本領，卻受師父操控，成為他的搖錢樹，不斷殺人，為師父賺錢，自己弄得渾身傷痕，背負無數血債。

如果生長在一個小康之家，銀狐有時幻想，自幼入學校讀書，像其他女孩一樣，十多歲遇上初戀情人，長大後，戀愛成熟，結婚生子，組織小家庭，她的人生肯定不一樣，她寧願失去高超的殺人技能，換取平凡生活。

現在當然不可能，騎虎難下，她沒出路，唯有繼續殺人，繼續為師父賣命。

「你是不是有什麼地方誤會我的？」袁峰也走出課室，鼓起勇氣求個明白。

「我沒誤會！」

「你出生不久，你媽抱着你不辭而別，下落不明，我到處尋找，卻尋不着，之後再沒見過一面。」

「媽說，你嫌棄我患病，皮膚變白，是個災星。又說，你在她懷孕期間，在外面拈花惹草，與工廠的年輕女工鬼混。」

「真是冤哉枉也！那時，你媽患上產後抑鬱症，終日胡思亂想，那時，河源的醫療落後，我又沒知識，不了解她的病況，未能及時讓她得到治療，那時，工廠忙，我經常加班，少回家，她就以為我不檢點，都是誤會，唉！都是誤會……」

「你不肯跟她結婚，給她名分。」

「這，確是我不對。那時，年輕浪漫，沒長遠打算，不想被繁文縟節束縛，想歪了，想歪了，辜負了她。」

「哼，」銀狐冷笑一聲，把半截煙頭彈落操場，「誰對誰錯，死無對證，我的生活，過去沒你，將來也沒你，我從小就是孤兒，不希罕父母，不渴慕家庭幸福。」

「你一定吃了很多苦頭……」

「甜酸苦辣，我吃我的，天生天養，我的一切與你無關。」

「對不起……」袁峰深深悔疚，可惜時光不能倒流，過去沒法改變，唯盼將來可以為她做些什麼當作補償，可是，人到中年，顛沛潦倒，一事無成，他還可為她做什麼呢？

「你給我滾到另一間課室去，我不想看見你，你再惹我，我一槍幹掉你。」

「是……」他多瞧她一眼，慢慢退開。

「別作聲。」她突然壓低聲線，拉他蹲下，一併縮在矮牆之後。

畢竟是個「在逃疑犯」，袁峰當然打醒十二分精神，他馬上蹲跪在地，呼吸也不敢用力，側耳細聽，聽見校門鐵閘「錚錚」作響，且傳來微弱人聲，顯然有人像他們剛才一樣，攀越已上鎖的鐵閘，進入校舍。

這裏是「鬼屋」，夜闌人靜，還有什麼人偷偷進來？

他的第一個念頭是警察追蹤到來。

2

儘管今天北京市區錄得 PM2.5 粉塵的讀數為每立方米 400 微克，晚上二環邊陲的公園依舊熱鬧非常，大媽連群結隊的齊集公園廣場大跳集體舞，大多數人沒戴口罩，人人面露笑容，不計較舞姿，不在意節拍，不擔心空氣污染，只享受當下的快樂。

跳舞本來是有益身心的活動，但在 PM2.5 粉塵嚴重超標的戶外跳舞，一點也不健康。按世界衛生組織的標準，PM2.5 粉塵讀數低於每立方米 25 微克，才符合安全。

一整天，空氣的懸浮粒子又多又重，日間霧霾瀰漫，遮天蔽日，舉頭，灰濛濛一片，鬱鬱悶悶，日落以後，天空由灰變成黑灰，沒雲，沒星，沒月，人們像活在一塊大帳幕底下。

PM2.5 粉塵對人體有害，已是不爭的事實，粉塵含有大量致癌物，在戶外活動，大大增加患上呼吸道癌症的風險。

阿漆與露絲雖不常到北京，但久聞霧霾肆虐，早有準備，都戴上口罩，手牽手，靜靜坐在廣場一角等候，不張口，不交談，儘量減少吸入 PM2.5 粉塵。

北京霧霾的成因，眾說紛紜，諸如燃煤發電、工業排放、汽車廢氣、農民燃燒秸稈、小販在街邊燒烤羊肉串等等，都有人提出理據，各有各的說法。政府雖有整治措施，但只收到針對性的短期成效，例如北京奧運期間，天天看見藍天白雲，長期成效卻未見顯著。

其實，霧霾僅是眾多環境污染的其中一項，在遼闊的神州大地之上，河流、空氣、土壤、山嶺、林木、海岸等不同地區的自然生態環境，正遭受各種破壞，還有人為的有毒食品、豆腐渣工程等，危機處處，難以安然。以往，政府的策略是「先污染後治理」，犧牲環境作為代價，全力開發經濟，容忍污染，換取 GDP 上升。結果，經濟迅速增長，人人富起來，另一方面，大自然迅速遭到破壞，人人健康受損。

破壞容易，復原困難。

因此，坊間流行一種說法，中國目前的財富是一種預支或透支，像信用卡簽帳，這一代刷卡享用，結帳卻是下一代。

然而，這一代真的光享受、不用付代價嗎？

阿漆和露絲心意相通，看着廣場上的大媽興高采烈地跳舞，想起他們正一口一口的把 PM2.5 粉塵吸進肺部，對望一眼，不禁黯然。

阿漆忍不住批評：「2014 年中國國務院和世界銀行的報告，指出中國因空氣污染導致五十萬人過早死亡或需要醫治，每年損失三千億美元，GDP 上升，卻得不償失呢！」

「兩位果然是有心人，家事國事天下事，事事關心。」一個身穿簇新「卡納利」西裝、手挽時款「瑪諾馳」公事包的禿頭胖子，來到他們跟前，坐在對面的石凳上，架着二郎腿，左腳擱在右腿上，上下搖動，臉上堆滿笑容，皮笑肉不笑。

「未請教。」阿漆放開露絲的手，向胖子伸出右手。

「小姓朱。」胖子跟阿漆握手，熱切而用力，「我跟M是老朋友，一接到他的電話，立刻爭取與兩位會面。」他再跟露絲握手，力度略為減輕。

「朱先生，你好。麻煩你，不好意思。」露絲道。

「不好意思的是我呢！我應該宴請兩位到大酒家吃晚飯，接風洗塵，奈何時間緊迫，安排不到，招呼不周，要屈駕兩位在這兒見面，萬二分抱歉，請多多包涵。」

「吃飯倒是次要，我們談正事要緊，只要能夠解決問題，在何處見面也沒所謂。」

「對，對，對，阿漆你明白事理，難怪M經常稱讚你年輕有為。你們的需要，我一定配合，務必在短時間內解決問題。」

「那，我們免去客套話，趕快進入正題。」

「好，好，好，露絲果然快人快語，講效率，夠衝勁，不愧巾幗英雄、女中豪傑。」

「首先，請你告訴我們，小鳳到底是什麼？機械人？半機械人？抑或其他類別？」

「它什麼也不是。它只是我們一件不及格的產品，本應回收銷毀。」

「不及格的產品？」阿漆覺得不可思議，「那麼，本應回收銷毀的小鳳，為何跑到賈家當女管家，服侍賈夫人？」

「老實說，我一無所知。」朱胖子首度收起笑容，「賈老爺德高望重，是位了不起的人物，受人民愛戴和尊敬，他對基金會有莫大的貢獻，對我本人更是恩重如山。賈老爺吩咐把什麼東西搬到什麼地方，沒人質疑，亦毋需質疑，因為賈老爺決斷英明，不會有錯。」

「你們銷毀不及格的產品，想必有一定的程序和紀錄。」露絲說。

「都有。」

「翻查紀錄，不是清楚來龍去脈麼？」

「很遺憾，那一件剛巧沒紀錄，原因多半是人為錯誤。」朱胖子再度露出狡猾的笑容，「我們那個管文書的老頭，做事不用心，人又沒記性，多半是他把紀錄弄丟了，我會嚴肅處理。」

「你一再指稱小鳳是不及格的產品……」阿漆嘗試換一個角度切入，旁敲側擊，「我不久前在賈家舊宅見過她……」

「那是《Q版特工》第35集，我有看的。」朱胖子的拇指豎得挺直。

「唔，就我的觀察，小鳳表面沒什麼不妥，而且頗有性格。」

「好！阿漆的確觀察入微，佩服！」朱胖子豎起一雙拇指，「好眼力，那麼短時間，你便看出它不及格之處——有性格。」

阿漆和露絲一臉疑竇。

「請聽我解說，所謂機械者，其基本操作要求，是不問原因、不理後果的重複又重複地執行主人的指令，對嗎？」朱胖子耐心講解，「小鳳之所以不及格，正正在於它太有性格，還有同性戀傾向。請別誤會，我本人對性別或性取向不存在任何歧視，但小鳳的本質不是人，我們不能視之作人，故它不應享有自由平等人權。」

「言下之意，小鳳因太有性格而違反主人的指令。」露絲開始有點頭緒。

「可以這樣說，但字眼需要修正。」朱胖子挪動屁股，改變坐姿，把右腳擱在左腿上，仍是上下搖動，「這樣說吧，它不會違反指令，但在執行時，插入獨立思考與個人判斷。最終不錯完成任務，可是，過程失控卻非我們的所想所要。」

「獨立思考、個人判斷，聽起來蠻不錯呀！有何不好？」阿漆大力搖頭。

「我們需要絕對服從，不需獨立思考。我們強調為人民服務，要摒棄個人主義。實際上，打理家務、照顧老人，簡簡單單可以了，毋需太過複雜。」

「什麼？小鳳的設計，如此具威力，是用來做家務？」露絲不敢相信。

「對呀，現在獨居老人問題挺嚴峻，急需解決的。咦，你們不是以為它是作軍事用途吧？沒這回事呀！中國不是窮兵黷武的國家，不搞霸權主義，不作侵掠拓張，崇尚和平友好，我們秉承這個優良傳統，只搞民用項目，所投放的資源，全是有益社會民生的工作。」

「可是，你不能否認小鳳具有大殺傷力。」阿漆沉住氣，「它在香港打傷我們的同事，之後失去蹤影，對香港市民的生命財產是個威脅。」

「是，我們確有無可推諉的責任，畢竟它是我們的產品，所以我們願負全責，作出善後。」

「如何善後？」

「我們已派專人前往香港，執行產品回收及銷毀。」

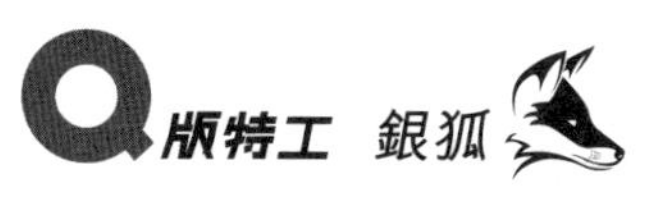

「不行！」露絲抗議，「根據一國兩制，你們不能越境執法。」

「我鄭重聲明，我們恪守一國兩制原則，非常尊重基本法。阿漆、露絲，你們沒聽清楚我的話，我們所派的專人，並非執法人員，他只是個產品回收員，他到香港亦非執法，而是回收一件不及格的產品。」

「執法也好，回收也好，我不跟你咬文嚼字。你們的人南下香港，有沒有通報香港入境處？」阿漆板起臉孔。

「那人來自一個強而有力的部門，用自己的方法過境，不涉及任何行政安排，毋需通報。再者，他做完工作，又會用自己的方法返回內地，不驚動任何香港市民，對社會經濟民生，秋毫不犯，大家作息如常，馬照跑，舞照跳。我可預言，在市民的層面，是什麼也沒發生過，所以，不必多此一舉。」

「豈有此理！」

「兩位，時間不早了。」朱胖子扯高衣袖，看看「江詩丹頓」腕錶，便站起身，「要說的、該說的，我都說了，我們的對話到此為止，再會。請代我向M問好，以及對那位受傷的同事，致以深切慰問。」

「我還有話要問。」

「算了。」露絲拉住阿漆，「問不出答案的。」

朱胖子拉直西裝外套，挽起公事包，轉身走向廣場的另一邊，經過那羣大媽身旁時，隨着音樂節拍，邊走邊扭動屁股。

「這胖子，真可惡。」阿漆忿忿不平，「他究竟是什麼來路？」

「他自稱姓朱，多半是假的，不過，我可以肯定他是個官，而且是個大官。」

「何以見得？」

「他剛才說了大番話，句句滑不溜手，說了等於沒說，只有大官才有這種本事。」

「唉！」阿漆氣結，仰天長歎，天空仍是一片霧霾。

3

校門鐵閘接連「錚錚錚」，爬進「鬼屋」的不止一人。

來了一隊警察？袁峰心底發毛，瞧着銀狐，擔心她難以脱身。銀狐一臉漠然，毫無懼意，貌似不在乎。

趁警察尚未包圍校舍，他正想提議銀狐及早逃走，忽地聽見校門那邊有人説「我好驚呀」，更是女孩的聲音。

驚？奇了，警察捉賊，怎會驚？袁峰疑惑，還是女孩，難道是女警，但聲音幼嫩。好奇心勝過擔心，他慢慢站直身子，伸長脖子，偷望校門鐵閘，身旁的銀狐亦站起來一同觀看，可見她也懷疑。

果然，站在校門內外的，是五個青少年，三男兩女，男的已攀進操場，女的倚着鐵閘，不敢攀爬。

「驚什麼？很容易爬的，又不高，摔下來，我們接住你。」門內的男生道。

夜風習習，樹搖葉晃，貓頭鷹「嗚喔」啼叫，叫聲詭秘，教人不寒而慄。

「我不怕摔，我怕鬼。」門外的女生道。

「臨陣退縮，不是吧？明明說好一起探險的，無膽匪類。」另一男生道。

「人家女孩子，膽小很正常。」另一女生道。

「別怕，我們人多勢眾，陽氣旺盛。人怕鬼三分，鬼懼人七分。我們聚在一起，共同進退，鬼不敢搞擾我們。」操場的男生道。

「不要掃興啦！在鬼屋玩碟仙，分外靈驗。用具我也帶齊，若然白跑一趟，我會很失望。」門內的男生道。

「你們不要迫我啦。」門外的女生道。

「你們別吵，給她時間習慣一下環境。」另一女生道。

「不要耽擱太久。」另一男生道。

「喂喂喂，你們看我找到什麼？是一個煙頭呢！」操場的男生道。

銀狐一怔，隨即拔槍在手。

袁峰為之驚愕。

「煙頭有什麼稀奇？周圍都是。」門外的女生道。

「我們可以偷進來，其他人也可以，一定是其他探險者遺下的。」門內的男生道。

「不，這煙頭尚有餘熱，不久前棄掉的。前來鬼屋的路只得一條，我們剛才一路上沒遇見任何人，證明抽煙的人仍在這裏。」

「好驚啊！鬼啊！別說啦！」女生嘩然。

「冷靜，冷靜，你們聽過鬼抽煙嗎？抽煙的，是人，不是鬼，這裏還有其他人。」另一男生道。

「我聽過鬼吹燈，鬼會吹燈，怎不會抽煙？」另一女生道。

銀狐打開手槍的保險掣。

「你想幹什麼？」袁峰緊張地細聲問。

「殺人滅口。」

「他們只是小孩。」

「小孩又怎樣？走漏風聲，暴露行藏，非殺不可。」

「只是一個煙頭而已，他們不會為一個煙頭報警，即使會，警察也不會從一個煙頭聯想到你。」

「我不冒險。」

「開槍更加冒險，槍聲引起附近村民的注意。」

銀狐摸摸衣袋，滅聲器遺在小鳳的車廂內，唯有摸出飛鏢。子彈跟飛鏢，對於一個專業殺手，僅是不同的工具，最終達致相同的效果。

「不必弄出人命，我扮鬼嚇跑他們，大事化小，小事化無。」袁峰抹一把牆上的灰塵，匆匆塗污臉孔，撥亂頭髮，霍然站起，木然不動。

「鬼呀！鬼呀！」女生大驚失色，尖聲大叫。

「鬼呀！快逃……」門內的男生倉皇地爬上鐵閘。

「且慢！且慢！不要慌，不要亂，大家看清楚。」操場的男生拿電筒射向袁峰，「這傢伙，外貌猥瑣，污糟邋遢，看，幾十歲人，穿一件印有卡通圖案的T恤，分明是個瘋子，就算不是瘋子，便是流浪漢。」

「對，我用石頭擲他，他若喊痛就是人。」另一男生從地上撿起石塊。

「好！人或鬼，一試便知。擲吧，你的眼界好。」拿電筒的男生道。

撿石的男生對準袁峰，大力擲石。

拳頭般大的石塊，直飛臉門，袁峰雙腳發抖，躲嗎？等於自認不是鬼，不躲嗎？勢必頭破血流，忍不住喊痛，又等於自認不是鬼。

兩難之間，石塊飛至，像鴕鳥遇敵時把頭埋入沙堆之中，他閉起雙目，不敢直視——

「中彈」的時間已過，袁峰仍安然無恙，張眼看時，銀狐直立他身旁，伸直左手抓握石塊，正運起內勁把石塊「咧咧」捏碎。她的長髮散落肩頭，臉色蒼白，木無表情，樣子煞是嚇人。

「鬼呀！白面女鬼呀！」

「快逃啊！」

兩名男生沒命的爬出校門，門外的一男兩女早已嚇得魂不附體，有人跌倒，有人大哭，有人尖叫，在校門外亂作一團。

貓頭鷹仍在「嗚喔」啼叫。

五人跌跌撞撞的逃下山崗。

銀狐收起武器，拿衣角抹淨手上的泥塵，看着五個探險的少年狼狽逃遁。不必打殺，而又解決問題，在她的人生經驗裏，絕無僅有。

「方才……好險……」袁峰摸摸自己的頭臉，捏一把冷汗，猶有餘悸，「總算化險為夷，沒人受傷，和平收場……」

「媽媽過世後，我四處流浪，被人欺凌，每當找到東西吃，其他流浪漢便過來搶吃，不反抗，食物給他們搶走；反抗，也被搶走，不過他們知道我並不好惹。後來，我找到一柄小刀，貼身收藏，有一次，有人來搶我的麪包，我不由分説，一刀捅過去，白刀子入，紅刀子出，其他人嚇呆了，都不敢走近我。我保住麪包，也受人注意，那人是我後來的師父，他是一個殺手集團的首領，專收養孤兒，把我們訓練成殺手，除教授各種殺人技能，他用盡方法讓我們從小習慣弱肉強食。例如十人吃飯，他預備五個饅頭，我們要打要搶，打贏的，有饅頭吃；打輸的，捱餓；武功強的，打贏；武功差的，打輸，甚至被同門打傷打死。比起流浪街頭，日子過得更兇悍，性命更沒保障。所以，我們有命的，個個都是精英、高手中的高手，身經百戰，殺人不眨眼，下手不容情，沒憐恤，沒慈悲，因為對別人慈悲，就是對自己殘忍。殺人，我身不由己，不接受任務、不完成任務，必遭懲處。我們的酬勞是多勞多得，師父派下的任務，五五分帳；自己接洽的生意，上繳三成，總之，一生受殺手集團所轄制。不要問我為什麼甘心受師父操控，那集團勢力龐大，滲透力之強，超乎你的想像，總之，師父耳目眾多，武功又深不可測，我們沒人可以離開集團，除非死掉。」

袁峰瞧着銀狐，淚流滿臉，心如刀割。

4

「祂赦免你的一切罪孽，醫治你的一切疾病。
祂救贖你的命脫離死亡，以仁愛和慈悲為你的冠冕。
祂用美物使你所願的得以知足，以致你如鷹返老還童。
耶和華施行公義，為一切受屈的人伸冤。」

R返回病房，在房門附近聽見女人在房內讀《聖經》，門外的便衣守衛又若無其事，房內的女人是誰，R心裏有數。她略為撥梳頭髮，拉正衫裙，輕輕敲兩下房門，才走進去。

玻璃屏風後面，病牀旁邊，坐着一個女人，她回頭看見R進來，便合上手中的《聖經》，站起來，微笑點頭。

「我是R。」R雙手在胸前互握，有點緊張，「你是阿Wing的姐姐？」

「是。R，你回來照顧阿Wing，太好了。」

「你知道我們的事？」

「阿Wing經常提起你，你離開香港後，他終日牽腸掛肚、茶飯不思。我這個弟弟，像塊木頭，不懂表達，你不要惱他。」

「請別這樣說。姐姐，其實阿Wing聽到你說他像木頭……」

「我故意讓他聽見，教他反省。剛才護士告訴我他的情況，我才讀《聖經》安慰他，鼓勵他。現在你回來，我把他交給你，告辭了。」

「我送你。」

「都是一家人，不必客氣。對啦，R，請別怪我多言多語、恃老賣老。」

「怎會？姐姐，有話直說。」

「我知道你是個爽快明理的人，過去種種就讓其流逝，明天如何？除了天父，我們沒一個曉得，你看阿Wing，昨天好好的，今天躺在醫院裏，所以，R，要珍惜眼前人，凡事向好處看，不要鑽牛角尖。」

「我明白的，謝謝你提點。」

「你明白最好，再見了。」

「再見。」

R送走阿Wing的姐姐，回到牀邊，嗔道：「你呀，平日一定在姐姐面前說我的壞話，她才這樣勸我，你真該打，你聽着，我已記下這筆帳，你快些康復，讓我打你，打你這塊大木頭。」

5

那五個計劃探險結果「撞鬼」的少年人，急於逃跑，忙亂間，有人擦傷手腳，有人扭傷腳跟，有人摔落坑渠，有人驚慌過度，有人撞崩門牙，總之人人掛彩，無一倖免，最後跑到屯門醫院急症室求醫。

急症室的當值警員見五人神色有異，身體又多處受傷，便上前查問。

於是，五人你一言、我一語的向警員憶述「撞鬼」經過，由於情緒波動，各人表達得雜亂無章、詞不達意。警員最後的結論是，懷疑五人「索K」，弄致神志不清、出現幻覺，遂安排五人驗毒。他取了五人的身分證，與上頭聯絡：「總部，我是駐守屯門醫院急症室的 PC2584。」

「PC2584，請說。」

「這裏有五個中學生，懷疑吸毒。」

「情況如何？」

「語無倫次、思想混亂，還有集體幻覺。總的來說，他們聲稱較早前在達德學校舊址遇鬼，是一男一女的鬼，男鬼樣子猥瑣、身穿印有卡通圖案的藍色T恤，女鬼白臉，像白無常，能夠一手捏碎石頭。」

「相當嚴重啊！」

「對，已安排五人驗毒。以下是他們的身分證號碼，請核對一下，當中有沒有失蹤人士？」

「請說。」

當PC2584向上頭逐一報告五名少年人的身分證號碼時，先前的通話已透過特工情報組的監察系統傳進蘇珊組長耳中，其中的關鍵詞組，如屯門、猥瑣男、白臉女、卡通圖案藍色T恤等等，在蘇珊組長腦子裏不停「叮叮叮」的敲響。

4 1010號病房

殺氣騰騰、愛恨無常的小鳳，加上不明來歷、力大無窮的回收員，令身受重傷、躺在病牀上的阿 Wing 如俎上之肉，誰能救他脫離凶境？

1010號
病房

1

油尖旺是香港十八區中面積最小的分區，只得6.99平方公里，地方小但人口多，居民超過三十萬，密度為每平方千米44,045人，全港排行第三，僅次於觀塘和黃大仙。不過區內消費熱點甚多，尤其旺角，吸引年輕人從其他地區前來消遣購物，加上這批外來的「MK一族」，旺角的平均人口密度高達每平方公里十三萬人，不僅是全港之冠，在世界上亦居前列。故此，在1930年把芒角改名旺角的人，確有先見之名，他成功預計這地方發展興旺，不再是芒草叢生的野地。

油尖旺日間人多車密，大街小巷經常擠得水洩不通，到了晚上，當人流減少，當波鞋街、金魚街、雀鳥街、槍街、女人街等地的商舖陸續打烊，相隔一條彌敦道的傳統紅燈區早已亮燈營業，愈夜愈旺，其門如市，識途老馬絡繹不絕，當中包括大龍和小強。

大龍和小強一人拿着一串咖哩魚蛋，抄捷徑，打算穿過冷巷，再經行人隧道，前往新填地街，光顧相熟的夜店。

他們即將穿出冷巷，大龍首先發現一個穿着「小鳳仙裝」的女人倚着巷尾的電話亭，默然不動。

「啊！搞什麼？」大龍幾乎被魚蛋嗆着，「咳咳，拍戲嗎？她這身衣服……」

「古老當時興，潮流興復古，鄉巴佬，你太老土了。」小強笑吟吟，「看來，人多搶客，生意難做，她出奇制勝。」

「她是流鶯？不是吧，你別亂想，她穿成這個樣子，可能是瘋婦。」

「若是瘋的，衣服怎會如此光鮮，你看，黃襯藍，襟前的牡丹圖案繡得多麼別緻，真箇愈看愈可愛。」小強靠近女人。

「喂，謹慎點啊！這女人太古怪了，又生面口……」

「一次生，兩次熟，嘻嘻。小姐，什麼價錢？」

女人本來一眼不眨的瞧着馬路對面的醫院，聽見小強前來搭訕，便轉頭打量他，表情生硬地問：「你說什麼？我不明白。」

「哈，欲拒還迎，有情趣。你懂男人心理，曉得吊我的胃口。」小強拉女人的手，「貴一點，無妨，只要老子開心……咦……」小強抓着女人的衣袖，愕住了，原來衣袖裏空空如也。

「什麼事？」大龍在後面問。

「喲，她原來是傷殘人士，沒右手的。」

「既然是傷殘人士，更加不要攪擾她。」

「大龍，你這人太缺乏同情心了！她殘而不廢，自力更生，我光顧她，等於幫助她，而且我沒試過傷殘的……」

「先生，請你遠離我，我沒興趣跟你談論這種缺德的話題。」那女人嚴肅起來，「這是最後警告，不然的話，你會受傷。」

「夠啦，別再裝酷，儘管開價吧！」小強牽她的左手，但，牽不動，用點力，仍不動。

「小強，走吧！她不願意，別強迫她……」

「有錢賺，怎會不願意……」

那女人的手向外一甩。

小強「呼」的從大龍面前頭下腳上的飛過，畢直的飛進冷巷深處，「咚」的丟進茶餐廳後門一個堆放廚餘的巨型垃圾桶裏。

大龍張大嘴巴，口中半顆魚蛋丟落地上，滾進坑渠裏去。

那女人回頭盯着大龍。

「我……的魚蛋……丟了，我要去……買魚蛋，你吃魚蛋麼？不吃？好得很，再見，不，不要再見。」大龍轉身飛快竄逃。

那女人也不追趕，慢慢走回電話亭旁邊，保持先前的姿勢，繼續仰望馬路對面的醫院，木然不動，彷彿什麼也沒發生過。

不過，若留心觀察，她其實有個細微的動作在默默進行，一根細如頭髮的光纖從她的衣袖伸出來，插進電話機座之內，連接通訊網絡，等了大半個鐘，她終於等到需要的訊息：「……醫生最新指示，1010號房的病人阿Wing停用鎮定劑……」

2

「沓——沓——」

皓月中天，夜深露重，樹葉難抵露水凝聚，葉柄向下垂彎，葉面的露水滾向葉尖，匯集成一顆渾圓晶瑩的露珠，滿汲淡黃的月色，懸吊在葉尖搖晃不定，似遊子離家前的依依惜別，又似戀人話別時的戀戀不捨。

欲斷難斷，難捨難離。

「沓——」

沉重的腳步落在樹旁，振動空氣，露珠碎落，葉子朝天。

碎落的露珠，丟在樹下一頂清朝款式的「單眼花翎」官帽之上，花翎的頂珠乃「紅寶石」，顯示在樹下跳過的乃「一品大員」。

跳過？不是走過嗎？

對，的確是跳過。

那身穿「一品武職麒麟補服」的，雙手前伸，腰板挺直，額前貼着一道朱砂黃符，一步一步的在斜路中央，跳步而上。

「沓——沓——」

他的步韻和步距相當均匀，一起一落甚有節拍，在空曠的野外，特別的跫音，特別響亮。

「喂，你不累嗎？跳來跳去，你不累，我也眼花。」後面有人埋怨。

「我是殭屍嘛！殭屍只會跳，不會走。你沒看電影嗎？」

「你是扮殭屍，不是殭屍。有活人不做，扮死人，大吉利是。」

「去鬼屋，當然扮殭屍啦，角色配合場地。」

「你到埗才跳，或者到埗才穿上這襲清朝官袍好不好？」

「不好，一步一步的跳上去，才夠投入。」

「這條叫作村路，會有村民經過，你的角色扮演如此逼真，會嚇壞路人。」

「三更半夜，不留在家睡覺，跑到鬼屋附近流連，嚇壞也是活該。你呀，你別老是批評我，看你的樣子，黑西裝、黑皮鞋、黑眼鏡，十足黑幫打手，不嚇人嗎？」

「你不懂別亂説！我今晚本來去 Ball 的，這套是 Emporio Armani，意大利名牌，並不是你身上那套淘寶網購貨色可以相比。」

「去 Ball 戴黑眼鏡？」

「這副是夜視鏡，執行夜間任務用的。」梁賢托一下眼鏡，「這叫作 Prof。」

「捉到銀狐才是 Prof。」

「噫，這麼多蚊。躲在這種地方，銀狐不怕蚊叮蟲咬嗎？」

「拿去貼，不必歸還。」高文扯起官袍，從裏面撕下一塊黃色的「驅蚊貼」，遞給梁賢。

梁賢皺起眉頭，問：「你從哪個部位撕下來的？」

「你猜吧！嘻嘻。我們到達鬼屋了，上！」高文大力向上彈跳，一彈兩丈高，保持原來「倒轉L」的行屍姿勢，越過校門，直落操場。

梁賢姑且貼上「驅蚊貼」，來到校門前面，停下來，提腳擱在石階上，抽出袋巾，抹掉鞋面的露水。

「你還不進來？」高文隔着鐵閘問。

「我是斯文人，不習慣竄高躍低。」

「Fine，讓你見識我新練的陰司指法。」高文原地轉身180度，飄回閘旁，用指尖直捌鐵閘上的鎖鏈。

「波——」鎖鏈紋絲不動。

「呵呵，要電召開鎖匠嗎？」梁賢笑問。

「你推門吧！」高文再飄回操場中央，胸有成竹似的。

「推門？」梁賢試着推，鐵閘「軋軋」寸動，鎖鏈寸寸斷裂。梁賢吹一下口哨，道：「不壞，待會別在銀狐身上照辦煮碗，我們要捉活的。」

「那，要視乎她會不會反抗。」

鐵閘長期沒開，如今完全推開，長鏽的門鉸像老人的關節一般，移動時發出令人擔心的聲音。

開閘的聲音同樣令袁峰擔心非常，他慌忙從地上爬起。

銀狐則開始後悔放生那五名少年，最終引來警察，然而，警察來得未免太快了。

「不是警察呢！」袁峰探頭張望，「不過，古怪得很，來了兩隻殭屍，一隻西洋的，一隻中國的，像參加化妝舞會。」

「殭屍？哼！」銀狐仍舊坐在地上，背靠矮牆，沒瞧校門一眼，「上次扮蜘蛛俠，今晚扮殭屍，冤家路窄，不用我到處找你們報仇，你們自己前來找死。」

「你跟他們有仇？」

「一槍之仇。」銀狐揉搓腹部，握起手槍，槍管在月光之下，微微的發出一陣寒亮。

3

大龍扶着渾身廚餘的小強，一步一驚心的逃離冷巷。巷口的燈光，像逃生指示燈一般，只要逃到燈光火猛處，他們便安全。

小強不知傷了何處、也不知傷勢如何，大龍感到他的身體愈來愈沉重、腳步愈來愈虛浮。

「小強，你挺住呀！出了冷巷，我召救護車送你到醫院，再報警捉那女人……」說到「那女人」時，大龍的聲音不自覺地收細，惟恐給她聽見，縱然距離已拉遠。

「那女人……咳咳……不是人……咳咳……」

「君子動口不動手嘛，說幾句話便打傷你，她的確不是人。」大龍稍為寬心，因為小強還有知覺，曉得咒罵那女人。

「不是人……我的意思是……」

「哎喲……」兩人急不及待的轉出巷口，冷不提防，迎面撞着一個從大街走進冷巷的男人，加上踩着地面的污水，大龍腳底一滑，攬着小強雙雙摔倒。

那男人手急眼快，一把一個的拉住他們。

「謝謝……」大龍站穩腳步，驚魂甫定，「先生，謝謝，你真好人。」

「你兩個慌慌張張的，發生什麼事？」

「那邊有個惡女人，打傷我的朋友，你不要走那邊。」

「惡女人？」

「不，那……咳咳……不是……女人……」小強不住喘咳。

「什麼不是女人？你一定傷了頭，腦袋受到震盪，胡言亂語，男女不分。」

「那不是女人，那不是人，那是……機械人。」小強瞪圓一雙大眼，雙眼滿佈血絲。

「小強，你不要嚇我。」

「千真萬確，她的衣袖翻起時，我看見她的斷臂部位露出電線、螺絲、電子零件，你們相信我！」

「或許是義肢吧？」大龍摸摸小強的額頭，確定他有沒有發燒。

「我沒發燒，我很清醒。」

「我相信你。」那男人道。

「真的？你相信我？」

「是不是這樣？」那男人略為舉起左手，用右手旋轉左掌兩圈，然後「卜」的把左掌拔離左腕，缺口部位露出電線、螺絲、電子零件。

小強兩眼反白，口吐白沫，「噗」的昏倒。

「媽呀！」大龍使盡吃奶的力逃出登打士街，頭也不回。

那男人邁開腳步，跨過癱軟地上的小強，邊走邊把左掌接上，一逕朝巷尾走去，沒入高廈的陰影之中。

4

「唏，你想要拿什麼？別亂動。」躺在長沙發上和衣而睡的R，聽見阿Wing在病牀上挪動身體，張眼一看，見他打算爬下病牀，吃了一驚，馬上揚聲制止。

「我可以的，不用擔心。」

「當心弄傷頸項。」R跳下沙發，跑到牀邊，「雖然醫生停用鎮定劑，但不等於你可以亂動。」

「我有需要，要上廁所。」

「大的還是小的？」

「小的。」

「你躺着，我去拿尿壺給你。」

「不要嘛！我躺了一整天，躺得腰瘐背痛。你讓我趁機下牀走走，動動手腳。

我會小心的，不會弄傷任何部位。」

「好吧。」R拿他沒辦法，「我扶你。」

「有勞了。」

R讓阿Wing的手搭着她的右肩，再用左手攬着他的腰，自己充當拐杖，承擔他的重心。阿Wing撫摸她纖小的肩膀，不見一段日子，她消瘦了。R雖然瘦，但一點也不弱，她盡力挺住他，不會讓他跌倒，他絕對放心。

「你笑什麼？傻瓜。」

「很溫馨，你扶我上廁所，感覺很溫馨。」

「不害臊。」R拍他的背，「我寧願你活動自如，健健康康的。到廁所了，小心，慢慢轉身。」

「R，我有個難題。」

「什麼？」

「單手不方便除褲。」

「你真過分！」

「單手除褲，身體擺動過大，會弄傷頸項。」

「好啦好啦，且住。森美，進來一下。」

「誰是森美？」

「門口的便衣守衛。」

「那個大塊頭？」

「對。」

「你喚他進來幹什麼？」

「幫你除褲。森美……」

「不要勞煩他了……」

「森美？」

「他可能睡着了……也可能上廁所……」

「別吵，不妥。」

阿Wing攏住嘴巴，靜心傾聽，病房外面，出奇的安靜，沒丁點聲音，就連呼吸聲也沒有。

「留在廁所裏面。」R從後腰拔出手槍，凝神戒備，慢慢移步，走出病房，病房外，森美所坐的位置，坐着一個身穿小鳳仙裝的女人。她看見R出來，笑了笑，道：「你找那個大塊頭？他提早下班了。」

「你就是小鳳？」

「你是R？幸會了。」

R舉起手槍對準小鳳的頭。

「手槍傷不到我的。再者，你開槍，只會驚動其他人過來查看，我動起手來，增加傷亡人數。」

「你休想動阿Wing的一根頭髮。」

「你也提早下班吧，你長得多麼漂亮，我捨不得弄傷你噢！」

病房內，傳出一陣「嘩啦」的沖廁水聲，接着阿Wing走出來，站在R身後。

「你如何解決的？」R忍不住問。

「別問。」阿Wing尷尬地說。

「阿Wing精神不錯喔！」小鳳緩緩站起身。

「你的右手呢？」

「別問。」小鳳頓了頓，又道：「無謂的話別說了，準備受死吧！」

「我不信你不怕子彈。」R從衣袋掏出滅聲器，迅速安裝在槍管上。

「你不信，儘管開槍吧。」

「撇——」、「撇——」、「撇——」

R毫不猶豫，朝着小鳳的頭、胸、腹連放三槍，只要其中一彈命中，足以把它擊倒。

然而，小鳳出手，快如閃電，分毫不差的於那三個不同部分，成功擋截，把三顆彈頭一一裏在掌心之中，笑道：「我不説謊話，手槍傷不到我。你看——」張開左掌，彈頭「啪啪啪」的溜落地板。

阿Wing和R更注意到，子彈射破她的手掌皮肉，露出金屬構造。

子彈無效，R頹然把手槍放在門邊的小几上。

「罷了，罷了。小鳳姐，你是機器製造，我們是血肉之軀，怎打得過你呢！不如這樣吧，我乾脆站在這裏，你過來一拳打死我。但，你要讓R走。」

「好哇。」

「不行，阿Wing，不行。」

「算啦，R，一個死，勝過一齊死。」

「R，請你離開，我了結阿Wing時，你不在場目睹，心理陰影較小。」

「且慢，你在這裏打死我，弄到走廊四圍都是血，若有小朋友經過，嚇壞弱小心靈，進病房裏動手吧！」阿 Wing 退回病房。

「聽我説，我們一同力戰到底，不要讓她輕易得逞。」R鼓勵他時，有意無意的擋在他與小鳳之間，遮擋小鳳的視線，不讓她發現阿 Wing 的右手食指探進包裹左手的石膏套之內。

小鳳一步一步的跟着走過去，只差一步便踏進病房範圍。

阿 Wing 緊緊盯着她的腳步，她愈接近門框，他愈緊張。

「R，不值得的，尤其為男人送命，嘖嘖……」小鳳的前腳踏在門框之下，後腳亦已提起。

阿 Wing 的指頭隨時按下。

「小鳳，且住。」走廊有人喊道。

只欠一步便「請君入甕」，無端殺出一個程咬金？阿 Wing 與R相看無奈。

小鳳呆了一下，停步回望走廊，淡然道：「你來得真快，回收員。」

「我辦事一向高效率，何況今次特事特辦。」回收員快步而近，正是那在冷巷裏嚇昏小強的男人。

「請你通融一次，讓我先殺死阿Wing，完成賈夫人的遺命，便任你處置。」

「根據我的任務指令，不行，沒通融的空間。」

「你應了解我的實力，我若不依從，你的回收工作恐怕不順利。」

「你失去右手，戰鬥力減半。」

「兩位，請聽我說，現已夜深，你們在走廊交談，妨礙其他病人休息，一起進來我的房間，慢慢商量，從長計議。」

回收員和小鳳一同望着阿Wing。

「你太着迹了。」R在阿Wing耳畔低聲說，然後提高聲線，「我攔住小鳳，你從廁所的暗門逃走，快！」接着轉身，抓起吊鹽水用的金屬架，擺出迎敵的架式。

阿Wing會意，連忙跑進廁所。

小鳳搶進病房。

回收員尾隨。

「按鍵——」R高呼。

阿Wing的指頭按下藏在石膏套內的遙控開關。

「咇——」

燈光強烈閃爍過後，病房之內，烏黑一片。電燈、電視、電話、醫療器材，一切跟電子操作有關的產品，全數停止運作，包括小鳳和回收員。

它們雙雙倒地。

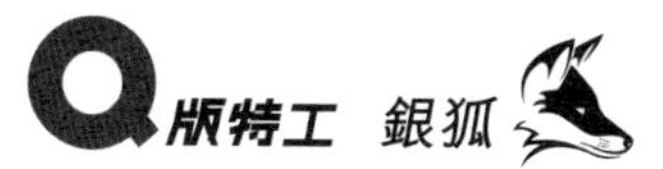

5

梁賢逐一解開西裝外套前襟的兩顆衣鈕，取出M10手槍，來到學校操場中央，站在野草與矮樹之間，垂着頭，集中精神，讓他的聽力充分發揮，只要銀狐或袁峰稍有動作，他便立刻鎖定對方的位置。

蟲鳴唧唧，行屍踏踏。這些自然的和人為的噪音，無礙梁賢尋找銀狐或袁峰的所在，因為他已嗅出，蚊香的氣味來自空置校舍的二樓。

抬頭掃視，二樓，右側，二號課室，外面，矮牆裂隙之間，一點蚊香的火紅被晚風吹旺，於夜視鏡下清晰可見。

梁賢揚手，遙指蚊香之處。

圍繞操場跳行的高文，怪叫一聲，高躍而起，直飛二樓，凌空一個翻身，越過矮牆，撲向那點紅光，旋即出招，只見他指搠腳跺、掌擘拳打，戰況頗也激烈。

梁賢握槍肅立，嚴陣以待，隨時開火支援。

四招過後，高文停下來，轉身向梁賢敬禮，喊道：「報告，已成功殲滅一餅蚊香。」

「你發什麼神經呀？」梁賢瞠目結舌。

「是你指示我攻擊的。」

「我沒指示你攻擊蚊香。」

「這位置除了蚊香，再沒可疑之物。」

「有沒有看過旁邊的課室？」

「沒有。」

「豬。」

高文「咻」的彈進一號課室，又「咻」的彈回矮牆前面，又喊道：「報告，一號課室沒豬。」

「還用我教嗎？」梁賢的肺部快要炸開，「去三號、四號……」

話未說完，銀狐驀地從三號課室持槍跳出——

「呼——」、「呼——」

「呼——」

6

阿莫暗藏在病房裏的「電磁脈衝彈」發揮預期的功效，阿Wing一按遙控「引爆」，房內所有電子產品全數失靈。

R檢查倒地不起的小鳳和回收員，確定它們停止運作，便跟阿Wing說：「你的頸項沒事吧？先坐下休息，我到外面打電話通知阿Ken他們前來善後。」

「也好，我的頸有點酸麻，相信沒大礙，最重要的是制伏小鳳。」

「對，想不到還多一個回收員，若任由它們打起來，破壞難以想像。」

「現在它自身難保，嘿嘿，如今就連自己也要被回收。」阿Wing正想坐下，

「咦？R，等一下……」

「什麼？」

「我剛才不知是否眼花抑或光線不足，看錯了？我竟看見小鳳眨眼。」

「沒可能，機件已停止操作。你退後一些，讓走廊的燈光透進來，看清楚些。

咦？奇了，眨眼的是回收員呢！又眨了……」

「呀！小鳳又眨眼了！」

躺在地上的回收員和小鳳一同眨眼，頻率更愈眨愈快，由每分鐘大約十下，漸漸增加至三十、五十，總之，眼瞼不停地上下移動。

「它們會不會是機件失靈？或者是電磁脈衝後的反射動作？」R忖道。

「都不像，反而像電腦Reboot。」阿Wing擔憂起來。

「趁它們還未重啟，我們先退出去。」

「不，我們留下，想辦法拆散它們，例如，鑿甩它們的頭，或者拗斷它們的手腳腳，萬一機件重啟，也沒殺傷力。」

「動手吧。」R撿起手槍，反握，打算用槍柄鑿開回收員的頭蓋。

阿Wing捲起小鳳的衣袖，打算從它的斷臂之處扯電線、拆零件。

兩人待要動手之際，回收員突然坐起身，左右轉動頸項，來回審視環境，R不敢輕舉妄動。回收員看看阿Wing，看看R，最後盯着阿Wing，一眼不眨，發出卡通人物唐老鴨一般的聲音，説：「我是回收員，國字一號，執行回收任務，回收目標是……阿Wing。」

「嗄？」阿Wing跳開，「你弄錯了，我是人，不是機械人，也沒損壞，毋需回收。」

「你是不是機械人，拆開外殼便可確定。」

「不！」阿Wing大駭。

「逃！」R推開阿Wing，拿槍柄「鈎」的敲鑿回收員的頭。

回收員的頭一歪，卻絲毫無損，它一把揪住R的手臂，道：「不相干的人，讓開。」接着把R扔出病房。

「R——」阿Wing趕出去察看她的傷勢，但給回收員中途截住。

「回收程序開始。」回收員動手捉拿阿Wing。

論力量，阿Wing根本難以匹敵，正感徬徨無助之際，另一隻強而有力的手從旁伸出，握着回收員的前臂，把它迫退，力量不相伯仲。

回收員與阿Wing一同望過去，原來是小鳳，它也重新啟動。

阿Wing叫苦不迭，一個回收員已沒法應付，多添一個小鳳，R又躺在病房外面掙扎不起，看來傷勢不輕，而自己身上有傷，勢孤力弱，不知如何是好？

詎料，小鳳道：「阿Wing是賈家的朋友，我不准你傷害他。」

7

關於達德學校的三下槍聲，第一、二槍是銀狐射的，梁賢則開第三槍，都沒人中彈。

槍聲過後，現場情況頗為反高潮。在三號課室門外，銀狐躺着，高文跪着，袁峰站着。三人俱是滿身紅泥，樣子又狼狽又滑稽。

結果滑稽，過程凶險。

五秒鐘之前——

當銀狐從三號課室跳出時，她的動作是，左手持槍對準高文，右手推袁峰至矮牆作人盾，令梁賢沒法瞄準她。

當銀狐從三號課室跳出時，高文瞥見自己已成槍靶，他當機立斷，一個旋身，把身上的「一品武職麒麟補服」甩出，官袍張開罩落銀狐，銀狐但見一個巨大的黑影飛來，只道高文來襲，馬上向空中的官袍連開兩槍，以為必殺高文，豈料高文向上甩袍，往下進攻，甩袍之後，順勢打個前滾翻，施展「鉸剪腳」，把銀狐絆跌，再挺腰彈起，單膝跪地，「陰司指」一指接一指，撥掉她的手槍，直取她的雙目。

當銀狐從三號課室跳出時，袁峰按照銀狐先前的吩咐，同時衝出課室，他不知銀狐的用意，只聽從她的擺佈，任由她把自己推到矮牆前面，電光火石之間，變化快而亂，他看不清楚發生什麼事，最後的景象是銀狐倒地，那扮殭屍的男人正用手指插她的眼睛，他沒考慮的餘地，抓起牆邊一塊紅泥磚，舉起，望那男人的後腦打下。

當銀狐從三號課室跳出時，梁賢立即鎖定目標，奈何袁峰擋在她身前，他投鼠忌器，不敢開火。兔起鶻落，高文三秒之內制伏銀狐，滿以為可以順利收工，誰知袁峰竟拾磚偷襲高文，梁賢於是一槍把袁峰手上的紅泥磚轟爛。

梁賢喝道：「高舉雙手！我警告你，你再搞小動作，下一槍，我射爆你的頭！」

袁峰把雙手高高舉起，不敢放肆，亦不敢伸手抹淨臉上的碎紅泥。

高文同樣滿頭滿臉碎紅泥，糊着眼睛，很不舒服，他忍不住伸手去抹，忽地嗅到一陣盪人心魂的體味散發自銀狐身上，他暗叫不妙，馬上躍後，但已晚了一步，人在空中腹部中了銀狐一腳，失卻平衡，摔過矮牆，跌下操場，砸壞一株矮樹。

操場上，梁賢已搶上梯級，追截銀狐。在樓梯轉角處，袁峰張開雙臂，攔住去路，大叫：「不准捉她！」

「混帳！」梁賢一腳把他蹬下樓梯，再跑上二樓，只覺寂靜無聲，顯然人去樓空，搜一遍各間課室，已沒銀狐蹤影。

「你這個混蛋，患上斯德哥爾摩症候羣？」高文在樓梯口揪住袁峰，「自己明明是人質，反過來協助壞人逃走，你中了她什麼邪術？收了她的什麼好處？」

「我沒中邪術，沒收好處。」

「你知道她是職業殺手嗎？」

「知道。」

「既然知道，你還幫她！」

「因為，她是我……失散了的……女兒。不管她是什麼人，不管她殺了多少人，我只希望幫她做點事。」

「白癡！你不是幫她，你是害她。」梁賢在二樓責罵，「一個曾經失手被擒的殺手，即使逃脫警方的追捕，也逃不過殺手集團的滅口。」

「啊……」袁峰無言以對，懊惱不已，回想銀狐師父的所作所為，明白梁賢所言不假。

「我們收到情報，那殺手集團已派人南下，執行格殺令。銀狐今晚逃離達德學校，明天沒命逃離香港，除非得到我們的保護。你們若願意合作，我們絕對有能力幫助你們父女改變身分，重過新生。」梁賢不斷提高聲線，他的游說對象，當然不是袁峰。

銀狐伏在鐵網旁邊的長草叢中，三人在學校裏的對話，句句入耳，字字震撼，尤其聽見袁峰親口稱她作「女兒」，重拾這個陌生卻親暱的「身分」，她百般滋味在心頭。她向來無親無故，自把自為，然而，今晚的抉擇，明日何去何從，卻是費煞思量。

8

機械人重新啟動後，記憶體發生故障，180 度轉變的，回收員改為「回收阿 Wing，小鳳反過來保護阿 Wing。

它們動起手來，阿 Wing 站在旁邊，看得傻了眼，一來怕自己成為池魚，被它們殃及，二來記掛R的傷勢，趁它們不覺，竄出病房。

R亦已爬起身，揉搓腰腿，說道：「我沒事，撞瘀擦傷罷了。」她強忍腳痛，一步一拐的，跑往升降機旁的投幣電話機。

「龐——」病房傳出巨響。

兩人回頭一看，病牀塌下，斷作兩截，回收員滾在一旁，小鳳剛才一掌把病牀劈斷，若非回收員及時避開，斷裂的該是它。

小鳳殺得性起，躍過爛牀，提腿朝回收員的頭部踹落。回收員雙手上托，頂住小鳳力發千鈞的一踏。

「幸好我們早一日把整層樓的人疏散。」阿Wing伸一伸舌頭，「小鳳的殺傷力實在驚人。」

回收員也不弱，它猛力向上一推，把小鳳推上天花板，撞毀一排光管，連同假天花一同摔落地板。回收員不讓小鳳站穩腳步，衝過去揮拳攻擊，單掌難敵雙拳，小鳳獨臂難支，連番中拳，節節敗退，被回收員打出病房，壓爛一列長凳。

「阿Wing，快逃，我替你擋住它。」小鳳敗而不亂，從地上跳起，力抗回收員。它的臉皮破損，露出半張機械臉孔。

「小心它的右直拳。」阿Wing提醒。

果然，回收員出右直拳，小鳳聽從阿Wing的提點，頭一側，回收員一拳把牆壁打穿一個窟窿。

此時，R打完電話，跑回來，擎槍瞄準回收員。

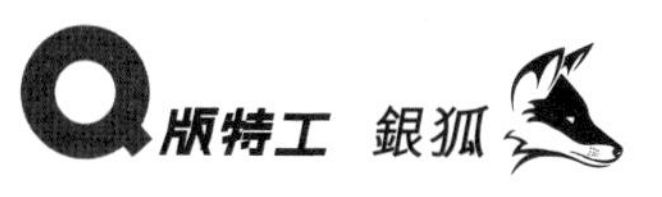

小鳳趁回收員的右拳陷在牆內，閃身搶向左側，用左手掐住回收員的下顎，硬生生的把它的頭臉擰向R，叫道：「射它的眼睛。」

R二話不說，瞄準開火。

「啪——」子彈射中回收員的左眼，穿入頭部內層，隱約閃出火花。

雖然中槍，但回收員的戰鬥力未見減弱，它從窟窿抽出右手，雙手齊下，左右抓壓小鳳的頭顱，大力前後搖轉，一下，兩下，第三下，小鳳的頭顱開始鬆脫，機件之間發生不正常的摩擦，像是失靈前的呻吟。小鳳一倒，回收員便為所欲為，阿Wing顧不得有傷在身，飛撲過去，使出「大力金剛指」，用指頭插進回收員左眼的彈孔，使勁扯挖，試圖破壞內部的零件。

「鈎——」小鳳的頭顱終被回收員搖脫，頭顱與身體分家，雙雙墜地。

解決了小鳳，回收員騰空雙手，要抓壓阿Wing的頭顱。

「使不得！」R不顧性命，衝過去，用槍抵住回收員的右眼，拚命開火，直至彈盡。

回收員雙手剛觸及阿 Wing 的臉，即告慢下來，還縮後一吋，再伸前一吋，又縮後一吋，嚇得阿 Wing 心驚肉跳，被它抓中，他肯定骨折臉爛。已是你死我亡的關頭，阿 Wing 盡力扯挖，終於從它的左眼挖出一串電線，連同好些零件被他扯出來。

同時，它的右眼開始冒煙，頭部內層發出一陣燒焦氣味。

此時，升降機門「叮」的打開。泰臣托着一柄開山大斧，阿 Ken 扛起機關槍，阿莫拿着「電磁脈衝彈」，一同衝出，看見「機械人大戰」後的破爛，三人驚愕不已。

「泰臣。」R 指着剛跌在地上的回收員，「砍掉這傢伙的手腳，免得他又再重啟，繼續作惡。」

「是。」泰臣吐一口唾液在掌心，刷刷雙手，便提起開山大斧，走到回收員前面。

危機解除，阿Wing鬆一口氣，靠牆坐下，坐在小鳳的頭顱旁邊。頭顱尚餘微弱電力，它仰望阿Wing，開口道：「你安全了。」

「對，大家都安全了。」

「賈夫人千叮萬囑我不能出手，因為我一出手，身分曝光，回收員便登門把我銷毀。可是，它攻擊你，我不能不出手保護。」

「謝謝你。」

「可是，我為什麼要保護你？為什麼？」

「因為，我是賈家的朋友，是你說的。」

「朋友？什麼是朋友？朋友是什麼？」

電力耗盡，小鳳閉上眼睛，閉上嘴巴。

9

斜路冷清，銀狐急步而下，趕緊遠離達德學校。她擔心梁賢與高文隨時追下來，尤其高文輕功了得，要擺脫他，殊不容易。

前面是青山公路，這個時間該有通宵營業的小巴、的士在路口等候客人，只要登上一輛，便可暫時脱身。

離達德學校愈遠，她的心愈是忐忑，一來，袁峰落在他們手上，不知會否坐牢；二來，梁賢並非虛詞恫嚇，殺手集團的手段毒辣，為防秘密外洩，寧殺錯，不放過。

三年前，師父曾指派她潛入曼谷的警察拘留所，殺掉一個被捕的同門師弟。那師弟才二十出頭，首次單獨行動，礙於經驗淺薄，失手被擒。她記得很清楚，她偷進囚室時，那師弟喜出望外，滿以為她為營救他而來，但當她亮出手槍，他才明白她的來意，再三發咒起誓，力言沒洩露任何秘密。她相信他，可是違抗命令，等於自掘墳墓，她那晚不殺他，她將與他同一下場，成為滅口目標。最後，她開槍前跟他說，你要怨要怪，就怨怪自己功夫不到家，失手被擒。

如今，剃人頭者，人亦剃其頭，她雖沒洩露秘密，但師父不知道亦不相信，集團裏殺手多的是，少她一個亦能正常運作，因此，她相信梁賢的情報，師父已派人南下。她亦相信梁賢有能力給她保護，改變身分，重過新生；然而，她唯一的技能就是殺人，不懂營商，不曉務農，難道往外國的小鎮當超市收銀員或酒吧女侍應嗎？對她來說，這種生活太陌生了，陌生在她的人生字典裏等同沒安全感。

所以，她寧願走自己的路。

斜路將盡，青山公路在望。一輛警車駛至，停在斜路下方，沒亮紅藍閃燈，沒鳴響警笛，只是毫不張揚的停泊，跟路旁其他非法泊車看似沒分別。

警車上只得一名警察，是偶然路過巡邏？還是接報聽見槍聲前來調查？

都不是。

直覺告訴銀狐，他是同行，她嗅出殺手的氣息。

而且，梁賢與高文前來捉拿她，相信已跟警方作了協調，沒警察會過來阻礙他們行動。

警察下車，挨着車門點煙，打火機的火光映照，她認得他是小方。

「師姐，上車吧！」小方吐出一口香煙。

「小方，你走吧！」

「為什麼？師父派我來接應你。」

「你不快走，將與我同一下場。」

「我不明白。」小方摸着槍柄。

「你聽。」

「聽什麼？」

「沓、沓、沓……」銀狐已作出決定，事已如此，她終究逃不脫，她的路，行不通。

「沓——沓——沓——」

「那是？」小方瞧着銀狐背後，大感困惑。

「那不是殭屍，他是武林高手，之後還有一個神槍手，我較早前就是被他們生擒。小方，你的本事，你我心知肚明，你打不過他們的，一場同門，這是我給你的最後忠告。」

「沓——沓——沓——」

小方不再猶豫，擲丟煙頭，跳回警車，加速開出青山公路，右轉，消失於銀狐眼底。

「明智的抉擇。」銀狐淡然道。

「你的抉擇也很明智。」背後有人說。

尾聲

R把第十個A4箱放進迷你倉內，拍淨雙手的灰塵，關好倉門，背向我，鎖上密碼鎖。

大家當作了卻一件心事。

我不知她設定的密碼組合，也不會問她。

她回來以後，關於失蹤時到過什麼地方，她一直三緘其口；關於她與真生在機場的談話內容，更是諱莫如深。

除了這兩項，其他事情，我們都暢所欲言，例如，討論如何處置那兩副機械人殘骸，我們想過許多方案，最後一致同意用紅A膠箱封存，委託SF速遞把它們運給北京的朱先生。又例如，我們猜測梁賢為銀狐和袁峰安排什麼身分、在什麼地方生活，由於改變身分由梁賢一人負責，他又口密，我們毫無頭緒，猜來猜去，都猜不出像樣的答案。不過，梁賢從銀狐口中得到許多殺手集團的資料，經露絲分析後，可信度極高，上頭已下達命令，儘快瓦解那集團，以及逮捕涉案人士，故可預期，我們將要忙碌一段日子。

離開迷你倉，R挽着我的手，沿着兩旁停滿貨車的馬路，走到「冬菇亭」旁邊的收費泊車位取車。剛來到車前，一個印巴裔女孩從「冬菇亭」跑出來，牽住我的衣袖，我認得她，她是賣薄餅的阿星的女兒。她看見我戴上頸箍，樣子有點詫異。

「是你失散了的女兒嗎？」R打趣問。

「不，我的爸爸是阿星。」她馬上澄清。

「你拉住這個阿 Wing 幹什麼？」

「他付了錢，沒吃東西。爸爸說，我們不能虧欠人家，所以他要進來吃東西。」

「有什麼吃？」

「手抓薄餅。」我瞧着R，「你有興趣嗎？」

「有，很久沒吃薄餅了。走吧，哪一檔？」

「這邊，跟我來。」女孩興奮地帶路。

我們隨女孩進入「冬菇亭」，經過田記燒臘時，卻給夥計攔住，他指着我喊道：「是你呀！是你把我一筒筷子統統擲光呀！」

「噢，不好意思，我賠錢。」我趕緊取出錢包。

「沒關係，沒關係，筷子罷了。」夥計豎起拇指，「你的擲筷子功夫真有一手，我們大開眼界呢！」

「雕蟲小技，何足掛齒。」

「那女人是什麼人？你追她九條街。」

「她嗎？她欠債不還。」

「欠債還錢，天經地義。喂，老兄，對啦，我知道一間財務公司招人追收爛帳，你一定勝任有餘，有興趣的話，我介紹你去見工。」

「我已有工作。」

「兼職亦可。」

「不必了。」我擺脫那喋喋不休的夥計，與R一同穿過田記燒臘，來到阿星的檔口，坐下。

「仍舊吃薄餅、雞肉、咖喱汁小辣？」女孩急不及待問。她的記性真好，還記得我上次點了什麼。

「對。」

「請稍等。」她跑去告訴爸爸。

「這種舊式大排檔確有特色，可惜愈來愈少。」R左顧否盼，「那邊有家賣糖水的。」

「你想吃糖水？我替你去買。」

「勞駕了，我要紅豆湯圓。」R嫣然一笑。

「你等一下。」我站起身，慢慢走向那賣糖水的檔口。

吃糖水，不錯呀，甜甜蜜蜜，帶給人一種幸福的感覺，想起游欣妮的詩句：

攤涼的紅豆湯圓下沉
碗底的一道裂痕若隱若現
日光在裏面流過彷彿玻璃的水面
落日在你手上溶化
陳舊的天色從指縫間漏去

後記

梁科慶

我常在後記與讀者分享創作該本小說的經驗，這次也不例外。

不過，你若沒看小說而偷步先看這篇後記的話，我奉勸你一句，馬上停止，因為先看後記，再看小說，肯定削弱閱讀樂趣。你既然花錢買書，站在消費的角度，我總希望你物有所值；若站在閱讀的角度，過早知道伏筆、轉折位，失卻驚喜，也糟蹋作者的心思，除滿足少許好奇心外，我想不到有何好處。

所以，不要嫌我嘮叨。

你還沒看前面的小說，我衷心誠意的，請你停止閱讀下文，掀到本書的第一頁，從頭讀起。

不再嘮叨了，言歸正傳。

本來《Q版特工36》沒預計在書展出版，原因是寒舍裝修，沒時間執筆。

年初，出版《Q版特工35元朗故事》後，淑屏編輯問我《Q版特工36》何時交稿？能否趕及書展？我如實相告。淑屏沒催逼我，只是暗中預留印刷檔期，默默等候我交稿。到我五月底告訴她《Q版特工36》的初稿寫好了，她才告知我可按計劃在書展出版。

話說回頭，我如何找時間寫《Q版特工36》？

若有裝修經驗的朋友，一定明白，屋主最忙的時段是開工前和完工後。開工前的籌備工作，例如決定翻新哪些部分、改動哪些間隔、設計傢俱、揀選物料等等，大如組合櫃的顏色尺寸，細如門把的款式，都要屋主最後拍板，圖則改完再改，跟裝修公司談完又談，真箇身心俱疲，何來閒情寫作？

千辛萬苦決定一切，揀好開工日期，又要千辛萬苦的，收拾細軟，丟掉的丟掉，送人的送人，回收的回收，最後把家當封箱或裝進「紅白藍」內，約搬運工人上門，一併搬進迷你倉裏去。

後記

而《Q版特工36》的故事也由迷你倉開始。

我從沒到過迷你倉，寒舍裝修期間，經常進出，觀察多了，有一天靈感「叮」的出現。

阿Wing要搬東西到迷你倉存放。

問題來了，阿Wing家裏沒地方嗎？即使也是裝修，他不止一個住處，毋需光顧迷你倉。有問題是正常的，靈感只是創作人突然的靈光一閃，沒細節，不完滿，僅是開始的一點，我們需要加添枝葉，又要自圓其說，才發展出一個完整的故事。於是，阿Wing唯一的理由，是租用迷你倉存放一些他不想再碰的東西，那麼，他搬走真生的舊物，等候R回來，便順理成章了。

然而，R單單為了阿Wing搬走真生的東西而回來，未免太小器，故需一個更大的原因。阿Wing受傷就差不多了，誰有本事打傷阿Wing？則是另一個問題。

《Q版特工35元朗故事》其中兩個角色，小鳳和銀狐大有發揮空間，《Q版特工36》承接上集，這兩個人物可以着墨。小鳳能夠逃出爆炸火場，又能打傷阿Wing，除了是威力強大的機械人，我想不到其他點子。至於銀狐，我為她加添一段孤苦的身世，再來一場父女重逢，讓角色更加有血有肉，聽起來，頗像粵語長片橋段，處理得好，舊橋不怕翻新。

還有梁賢和高文，穩重遇上瘋癲，再次擦出火花。寫他們，我非常過癮。

另外，R回來，不能馬虎，我要給她一點氣勢。R踏進醫院病房的一幕，眾人的反應，脫胎自《紅樓夢》劉姥姥遊大觀園其中一節。《紅樓夢》是我經常重讀的名著之一，很多寫作技巧可以借鑑，橋段不怕舊，只要懂得翻新。

噢，忘了交代寫作時間。

工人開工後，施工過程由裝修公司監督跟進，屋主變得很清閒。那時，我寄住別處，日常生活一切從簡，更覺無聊，最佳娛樂，當然是寫小說了！

我寫作有點像女士選購衣服。在服裝店裏，女士最快樂的時刻是挑衣試穿，揀好了，付錢時，覺得買下全店最合意的貨品，捎返家中放進衣櫃裏一段日子後，拿出來穿上身，卻覺得這處不妥、那處不好。我寫小說，景況相似，寫的時候最快樂，交稿時，覺得這是全世界最佳的作品，經過一段日子後，印刷成書，自己也不敢看。

所以，裝修期間，我躲在寄住的地方，像閉關一般，創作《Q版特工36》。裝修工人還未完工，我已寫好初稿，交給淑屏，也給突破一眾同工一個小小的驚喜。

最後，阿Wing選擇了R，把真生「埋葬」在迷你倉裏，R重回他的身邊，兩人言歸於好，看似大團圓結局。實情是否如此圓滿？欣妮的詩是最佳的寫照。詩，需要感受，毋需解釋，我不說了，你們自行感受吧！